生身の人間

曾野綾子

生身の人間 † 目次

第一章　人は自分の人生も読み切れない

第二章　誰もが他人にはできない仕事を果たしている

第三章　人間の奥深さには善玉も悪玉もない

第四章　人間が人の内面を裁くことはできない

第五章　人間は、命の犠牲の上に生きている

第六章　自由への開放は、教育しか道がない

まえがき

よく年を取るほど、世の中のすばらしいことが見えてくる、というような印象を書いておられる方を見かけるが、私はそんなふうに思ったことがない。

私は五十歳の時に、手術によって生まれつきの強度の近視が矯正され、それまで見たことのなかった現世を細部まで鮮明に見た。それは感動を超えて、私の第二の人生が始まったような感覚だった。この点では五十歳という年まで生きたからこそいいことがあったのだが、その後は、体力でできないことが年々増えるようになった。二度も足の骨折をしたので、日本座敷に座れなくなり、庭仕事が好きなのに土の上にしゃがめなくなり、長い距離を歩けなくなった。「今、続けてどれくらい歩けます?」と聞かれて、「あまりやったことはありませんけれど二キロくらいは大丈夫です」と答えたら、「それじゃ、日常生活に不自由はありませんね」と言われた。もちろんそれは一種の幸福の確認だった。

私は頭脳でも体力でも、自分は能力的に劣っていることだらけだ、と感じて生きてきた。訓練のおかげで、日本語の表現力だけは全く不自由を感じなかったが、理数科の点は悪いし、語学の才能も特にあるわけではなかった。私がそれらの引け目をどうにか補ってこられたのは、「これっぽっちしか（才能や体力が）ない」と思わずに、「これだけあれば、ありがたいことだ」と常に自分に甘かったからである。

私はいつも自然体で生きてきた。隠しもせず、自分をあまり売り込みもしなかった、と思う。それが一番楽だったからだ。幸いなことに夫も私も共に、出世欲や、権力志向がほとんどなかった。私は嫌われたこともたくさんあるが、私と付き合ってやろうと言ってくださる方には、深い感謝をし続けた。こんな性格の悪い人間と付き合ってくださるなんて、どういう優しい方なのだろう、と心の底から思っていたのだ。

私はカトリックの学校で育ったので、聖書の世界の中で生きてきたのだが、三十代の後半から約十七年もかかって、新約聖書だけはかなり詳しく勉強した。その中で、聖書にはこんなに新鮮でかつ永遠の真理を秘めている部分があったのか、と驚くことはかなり多かったのだが、その一つが初代教会を作ったパウロによる「コリントの信徒への手紙 一」に出てくる「体のたとえ」という部分である。

「体は、一つの部分ではなく、多くの部分から成っています。足が、『わたしは手ではないから、体の一部ではない』と言ったところで、体の一部でなくなるでしょうか。耳が、『わたしは目ではないから、体の一部ではない』と言ったところで、体の一部でなくなるでしょうか。もし体全体が目だったら、どこで聞きますか。もし全体が耳だったら、どこでにおいをかぎますか。そこで神は、御自分の望みのままに、体に一つ一つの部分を置かれたのです。すべてが一つの部分になってしまったら、どこに体というものがあるでしょう。だから、多くの部分があっても、一つの体なのです。目が手に向かって『お前は要らない』とは言えず、また、頭が足に向かって『お前たちは要らない』とも言えません。それどころか、体の中でほかよりも弱く見える部分が、かえって必要なのです。（中略）それで、体に分裂が起こらず、各部分が互いに配慮し合っています。一つの部分が苦しめば、すべての部分が共に苦しみ、一つの部分が尊ばれれば、すべての部分が共に喜ぶのです。」（12章14～26節）

これは極めて人間的な解説で、絶えず対立を繰り返していたと思われる初代教会の信者組織に対する戒めの言葉なのだが、これほど人間世界を言い得て妙、というものはない。一人の人間の体の中においてさえ、部分が訴える幸福と不幸の量も質も違う。しかし対立は対立のまま、共存するという大切な営みは実行されているのだ。

「生身の人間」という私の実感はまさにそのことなのである。現代の人々は、マスコミなどの単純な表現によって幻惑され、現実と違う人間像を自分にも他人にも持ちかねない。「平和主義を標榜する人間」「人道主義的である私」「組合員としての自分」「会社の利益に身を捧げるよい社員」が自分だと思いかねない。

もともと私という存在は分裂した要素を持つものなのだ。しかも会社も、社会も、学校も、国家も、その構成員である人間も、一人一人違う。

その違いを超えて、私の年になると、人間の複雑さとおもしろさに息をのむ。そんな私が、折々に書き留めていたものを今回本にしていただいて、深く感謝している。

二〇一六年早春

曾野綾子

第一章　人は自分の人生も読み切れない

園芸植物の日進月歩
――防御的な生活には抵抗する姿勢があっていい

人間年を取ると、なんでも縮こまる。昔、法医学のいろはのようなものを必要があって学んだ時、五十歳以後は、十年に一センチずつ背が縮む、と知ったような気がする。八十歳なら、最盛期より三センチ小さくなっていても自然なのである。

そうでなくても年を取ると、誰もが背中を丸め加減で歩いている。生活に対する姿勢も防御的になる。毎日食べる食パンでも、海苔《のり》の佃煮でも、同じブランドのものを買いたがる。それではいけない、と決心したわけでもないが、人間に共通の悪癖には、すべて少しは抵抗する姿勢があってもいい、と考えているのである。

昔修身の時間に「進取の気性」というのがあって、福沢諭吉の話だったと思うのだが、

「正直」の教えとともに、私の好きな戒めであった。簡単に言うと少し無謀をすることである。他人に迷惑をかけるようなことはいけないが、「御身ご大切」な暮らしばかりしていてはいけない、ということだと、私は解釈したのである。

私は、現在は軽い膠原病《こうげん》もあってあまり体が利かず、口先ばかりの園芸愛好家なのだが、近年は植物の世界でも種苗店のカタログ販売が便利になっているので、毎年花でも野菜でも見たことのないような新種が売られている。

私はその中で、必ず流行の先端を行く種類を数種注文することにした。白い茄子とか、さやの四角い豆とかである。胡瓜はウドンコ病がひどく、もう十年以上も前に植えるのを一時止めてしまった。しかし去年ひさしぶりに植えてみたら、ウドンコ病に強い品種が開発されていてすばらしい収穫量だった。

白い茄子は、あまり評判がよくない。四角い豆も、硬くておいしくない。しかし白いゴーヤは絵画的外見の美しさで、味もいい、と素人は勝手なことを言っている。

花もまた日進月歩だ。というより、今月の新製品と言いたいくらい次から次へと新種ができる。私は花も時に新種の苗や球根を買ってみる。フリージアも水仙も、すべて花弁が一重ではなく八重咲きのものができた。だから花のサイズが豪華に大きくなる。水仙が小型のチューリップほどになり、チューリップは牡丹か石楠花《しゃくなげ》に近いサイズになった。

「大ききゃいいってもんじゃないわよね」という誰かの声も聞こえてくる。その言葉は最近の果物にも当てはまる。私はまだ一粒千円の掌サイズに近い苺を食べたことはないのだが、知人の老女は、最近の林檎を一個食べるのに四日かかるという。だから四日目には皮がしぼみ実も干からびかけている。

見た目の変わり方も恐ろしいほどだ。今年わが家で植えたチューリップは、八重である上に、形も昔からのチューリップとは違うので、遠くから見ると赤と黄色の縮緬紙を丸めた紙細工のように見える。口の悪い客の一人は「紙を丸めて花瓶にさしておいても同じなんじゃないの」と言った。

しかし今に、私たちの世代が幼い頃から描いてきたチューリップそのものの原型とは違う品種の形態が、観念として定着する時代が来るのだろう。

さくらと花見
——人はできるだけ身軽に死ななければならない

今年だけではないのだろう、と思ってはいるが、テレビはやたらにさくらのニュースを流す。

さくらは確かに、それを見た時に思わず「ああ、きれい！」というインパクトを持っている。しかしお花見をする場所の確保のために並んだとか、遠くまで名所の花を見に行くというような話を聞くと、私は自分の生活のテンポとの違いの大きさを感じている。

私も花見をしないわけではない。しかしさくらは名所にでなくても、どこにでも密かな名木がある。我が家の近くにも、私の子供の頃から記憶に残るようなすばらしいさくらの大樹を持っていらっしゃるお宅があって、何十年と、家を出入りする度にその花を眺めさせていただいている。

老人はもう、花の名所まで出かけられない。その体力がない。だからせめてテレビで見たい、と言う方もいらっしゃるだろうけれど、そんな老人でも現実の生活はかなり忙しい。体が利かない分だけ、思うように家事もはかどらない。だから花見などしている暇にやらなければならないことがある、というのが私の実感だ。

別に眺めるに値するのは、さくらだけではない。私の家では、菜っ葉として食べる菜の花を庭で作っていたが、この時期、花だけが勢いよく残った株があって、その花を家中の小さな花瓶にさしている。水栽培でふやしている途中のポトスの瓶にも、菜の花を一輪加えると、ポトスと菜の花は意外と仲よく調和し合って、春を奏でてくれる。

テレビは、さくらに関する場面さえ流しておけば、平和主義・自然主義・環境主義に徹していることを示すことができ、社会から文句を言われる筋合いはない、と思っているのか、毎年この手の無難なニュースばかり増えるような気がしてならない。しかしほんとうは、さくらどころではない問題が社会には山積している。

集団的自衛権の問題だって、日本が賢く戦争に巻き込まれないための配慮がいる。私は国家もまたその「徳」によって世界から判断される集団だと思っているので、利己主義だったり最終的な信頼性がないと思われたら、安全性も失われると考えるのだが、政治と経済にはうといので結論は出ない。

先日亡くなった知人の家に行ったら、家中、買い物の袋だらけで足の踏み場もなかった。私よりずっと若い人だったから、所有欲が強くても当然なのだが、人は死ぬ前に身辺の整理をしてさわやかな空間をできるだけ残して、身軽に死ななければならない。さくらを眺める暇などない私のいいわけだ。

しかし私の知人が、がんの末期で緩和ケア病棟にいた時、勤め人の忙しい息子さんがやっと時間を作って母を車で花見に連れ出す計画を立てた。すると病院は、その間だけ点滴の管を外して、母と息子の貴重なお花見ドライブを優先させてくれた、という話は今でも心に残っている。

「効く薬」の落とし穴

——急性の感染症以外、薬は飲まないことだ

私は一時期、台所に立って、専用のガラスポットで、薬のお茶を作っていた。そこに入れるティーバッグは、ドクダミとゲンノショウコである。

私はここ数年、化学薬品の薬というものがほとんど飲めなくなった。はっきりと薬害に気がつくまでに、十年くらいかかっている。

ある年、咳が止まらないので近くの内科に行くと、気管支拡張剤を与えられた。咳は何年も続いている空咳で、悪性のものではないらしい。

この薬で辛《つら》い咳も治まるだろうと希望を持った翌朝、私は朝食の席で、薄いトーストを取り落とした。自分でも意外な行動であった。私は家族に気づかれないようにもう一

度トーストを摘んだ。しかしそれも落とした。

それで私は異変に気づかれた。三十分くらいの間、私は深刻に悩んだ。何か脳に病変が起きているに違いない。とすれば簡単には治らないだろう。私はそれまで内臓の健康さをやや誇っていたから、かかりつけの医師もいなかった。

長い不安の後で、私は知人の外科の医師に電話をした。頭の病気としたら、どこにかかったらいいでしょうか、という相談である。するとその医師は、「何か最近新しい薬を飲みましたか？」と聞き、私が気管支拡張剤の話をすると、「ああ、それですよ」と言った。私はすぐに薬をやめ、翌朝からはトーストもしっかりと摘めた。

心臓の期外収縮があるので、そのために効くという薬を飲むと、なぜか角膜潰瘍になる。眼が痛むのは辛いので、病院には行かないと決心をしている私も、仕方なく目薬をもらいに行く。

先日はもっと激しい変化が出た。私には一種の膠原病があって体のどこかがよく痛むのだが、その痛みを少し和らげるために、近くの整形外科から「痛みを取る酵素に関連した薬」をもらった。その頃から息切れと動悸がするのを感じたが、私は予定通り九州に講演に出かけた。その帰り、羽田空港で歩けなくなるほどの呼吸困難になった。しかし私はその異常を誤魔化す方法も知っていたので、自宅まで帰り着いた。

家に帰ると、友人の医師から、あなたが最近飲んでいるという痛み止めの薬には、心臓に異常が出る副作用の恐れがある、と英語の文献には書いてあるという警告のファクスが送られていた。

この頃の薬は実によく効く。しかし私には副作用が強くてほとんど飲めない。年齢も個人差もあるのだろうから、すべての薬が悪いとは言えないが、個人が楽に薬を買えるようになったら、ますますこうした薬害は増えて、その結果、被害者は国を訴えるというケースも多くなるだろう。

急性の感染症以外、薬は飲まないことだとわかってきて、私は明治生まれの祖母たちが愛用していた薬湯に戻ったのである。

赤帽さんの思い出
——日本人がなくした年長者への礼節

昔から私は、どうしていいかわからないことがこの世にたくさんあった。幼い時には、学校から帰ってからも、家で母を質問攻めにした。

その一つが、東京駅などにいる赤帽さんという仕事だった。昔は赤い帽子を目印にかぶって、駅の改札口付近にいて、客の持ってくる重い荷物を太い帯で肩にかけ、切符を見せると迷うことなくその列車まで案内して、荷物を棚においてくれる。

乗り遅れそうになっている時など、何番ホームかを探しているだけで時間がかかるのに、この人に頼めば、一番近い道をすいすいとたどってくれるので、列車に乗り遅れなくて済むのである。

赤帽さんはかなりの年配者が多かった。この制度がなくなったのは、何年からか私はよく記憶していないのだが、最後の頃は、私がまだ体力もある中年、向こうには「初老」と見える人もいたから、鍛えてあるとは言っても、重い荷物を年上の人に持たせるのは気の毒という感じがした。しかし彼らはそれを職業としているのだから、頼んであげた方が商売繁盛なんじゃないの？　という意見もあったのである。それで私は迷ったのだ。

一つには、昔は底に車のついたカバンなどというものがなかったから、年寄りの旅行者にはこういう人が必要だったのだろう。外国の空港などで、一つのカートに重いカバンを二十五か三十個以上も積むプロのポーターの仕事ぶりを見ていると、これは特殊な技術者で、ほとんど芸術だ、という気がする。

私の知人の医師のところには、東南アジアの国からの出稼ぎの人がよく来るという。彼自身は今は日本人だが、出自はインドシナ半島の国だから、こうした人々の苦労をよく知っているのである。彼は日本語もよくできない時代を乗り越えて、医学部に入った。その努力はどんなに大変だったろう。

その彼が、彼の患者たちの話をよくしてくれる。

「足が痛いという人が来たもんですから、まず『足の痛いところを見せてごらん』と言ったんですよ。するともぞもぞしていて、なかなか足を出さない。その揚げ句に、『先生に足を出すなんて失礼なことはできません』と言うんですよ」

「それは私の母の時代の日本にもあった感情なんです。昔は尊敬している方の前で足なんか決して出せなかったのね。そうした礼儀がありましたけど……」

と私は懐かしい思いで言った。私の時代は、というより私自身がドライになってしまっていて、早く自分の診察は済ませて次の人に順番を回した方がいい、などという合理主義でさっさと足も出すのである。しかしほんとうに母の時代には、そんなご無礼をして、という羞恥やためらいがあったことも覚えている。

日本語で「足を出す」と言えば、「隠し事が現れる」という意味もあるが、私はあまり隠し事はしない。でも手入れの悪い足の裏などお見せしたくない気分はある。

家を建てる場所
――人は自分の人生も読み切れない

私はものごころつく前から親たちが住んでいた土地に今も住み、多分一生住むことになる。もちろんこの先の運命はわからないけれど、両親は高年離婚したので、父は再婚の時、二度目の奥さんと手頃な新しい家を買って住むことにした。もう収入のない年になっていた父たちの生活を成り立たせるために、一人娘だった私は、税務署と相談の上、父から今の家を買い取って、そのまま住んだのである。

今住んでいる土地は、だから私の母の好みで買ったもので、平地の住宅地だ。三歳の時からずっとそこに住んでいた私は、駅までの道も平地だと思い込んでいた。ところが六十歳くらいになった時、自律神経失調症で脈に結滞《けったい》がでると、私は初めて駅までの道で息を切らした。

「駅まで坂だったのね」

と私は言い、家族にその鈍感さを呆れられた。とにかく、かくして老年は始まった。

その後私は、二度にわたって足を折る羽目になる。その度に歩けるまでに回復したが、年齢相応の後遺症は残った。

とにかく老人が自立して生きるには、坂のない町の、門から玄関までに階段のない家に住むほかはない。停電した場合の不便はあるが、エレベーターつきの集合住宅はその点合格だ。私は今でも、マンション住まいに憧れている。

本来、土地を買う時老後を考えるなら、平地にすべきなのである。家を建てる時は、できたら平屋がいい。しかし自然災害を考えると、家は丘の上にあるべきだといい、土地の値段を考えると、平屋ではとうてい家族の数だけ部屋を作れない。

まだ地震や津波のことなど皆が考える前の話だが、ある地方では、起伏の多い丘に向かってどんどん土地開発が行われた。そこに建ったプレハブの住宅群は一種の理想郷にも見えた。しかし今その丘の上の家は、どの家も玄関を一歩でると坂なので、現実問題として老人が住めなくなり、危険な空き家が増えているという。

在任中の野田総理は、二〇一二年十月十四日に行われた海上自衛隊の観艦式で、「国防に『想定外』という言葉はありません」と訓示の中で言われた。軍隊に対しては作戦上、想定外という逃げを許さないという姿勢には私も賛成だ。しかし長い年月の自民党政権も、当時責任があった民主党政権も、共に尖閣・竹島の管理を放置した。これが想定内のことだったのか。

人間の実生活では、実に多くの人が若い時に坂の途中の眺めのいい家を買って、数十年で不便を感じている。あちらを見てもこちらを見ても、想定外ばかりだ。

人は自分の人生だけでも読み切れないのが現実だ。賢い人があらゆる場合を想定しても解決策がないのが実情だ。人生はもうすこし謙虚にならないと、逆に備えのために厳しい現実を見据えるという姿勢も身につかないように思う。

私の「手抜き料理」術
——手間をかけず、素材に従う

一週間、カンボジアとベトナムへ行って帰ってきたら、すぐ料理がしたくなった。自分ではそれほど意識しないが、たぶん料理は私のストレス発散の道楽なので、冷凍庫の中にひと握り残っていた切り干し大根をうすあげと煮ることにした。つまり冷凍庫の片づけが第一の目的のようなものである。

　私は何でもすぐ冷凍にしておく。いただいたクッキーもその日に蓋を開けなければ、すぐに冷凍にする。コーヒーも大缶に手を付けると、残りを冷凍にする。切り干し大根もその一つだ。日にちが経っても真っ白なままだ。切り干しを煮ながら思いついた。私にこの手の手抜き料理を教えたのは、もう何十年も前に会った一人の旅館の「大女将《おおおかみ》さん」だった。今からもう四十年以上も前のことだ。

湯河原のその老舗の宿には、明治初め生まれの私の祖母がよく行っていて、当時は若い女将さんだったその人と、友達づきあいをしていたらしい。「大女将さん」は私たちが来ることを聞いて、昔の友達の娘である私の母に会いに、私たちの部屋を訪ねてくれたのである。

その時、彼女は何だったか「煮物」の鉢を持ってきてくれた。自分の隠居所の前の庭で小さな畑を作っていること。そこでとれる「なりもの」を猿が取りに来て困ること。でも思いついた時にこうして煮物をして楽しんでいることなどであった。その煮物はほんとうにおいしかった。朝飯の後だったと思うのだが、旅館の板前さんが作った客用の料理よりおいしかった。

だから私はこの老女が、旅館の女将として味にうるさい人で、正直言って店の板前なんかの作った料理の味には我慢がならず、自分で思うさま手をかけるからおいしいのだろう、と思い込んでいたのだ。

母が「ご自分でお料理までお作りになるのは大変ですね。お店の献立の中で、気に入ったのだけ召し上がればいいのに」というと、老女は「いえ、なんにも手なんかかけておりません。粉の出汁《だし》をちょっと入れて味つけしただけで、縁側の先で採れた野菜を料理してるだけですから」と答えたのである。

賢い人である。彼女自身が隠居所にいても出汁に凝ったりして、それが板前にも聞こえたら、あまりいい気分ではないだろう。老女は自他共に認める「手抜き料理」をしていたのである。それでも野菜が採れたてなら、新鮮といううまみも確実に加わる。

私は料理が好きだが、素人のお総菜料理しかできない。しかも時間をかけない。正直なところ私はまだ忙しくて、時間をかけたり心を込めたりした料理など、作っている暇がないのである。

その素人としての自由な料理の姿勢を教えてくれたのは、あの湯河原の宿の「大女将さん」だったのだ、ということを、実に何十年も後に思い至ったのである。

嫌な言葉「食べ放題」

——自制することが端正な生き方

まだ小学校の時、私は通っていた修道院付属の学校で、有料の昼食を食べていた時期があった。母が私に、食事をきちんと食べられるしつけをしたかったのか、自分がお弁当をつくるのをさぼりたかったのか、今となっては真意を聞くすべもない。

とにかく私はそこで、徹底したテーブルマナーを仕込まれた。ご飯だってふざけながら食べたい子供にとっては、いささか迷惑な話である。

その中でも厳しかったのは、テーブルに肘をついて食べるという姿勢だった。テーブルに載せてもいいのは手首までで、それからほんの十センチでも多く食卓に手を載せれば、お母さん役の上級生から、たちどころにお叱りの声がかかった。

国際社会ではそれが礼儀だということはよくわかる。しかし人間の心は時々気落ちしたり、世の中に反抗的になったりして、肘をつき、音を立ててラーメンをすすりたい気分になることもあると私は子供の時からわかっていた。そういう例外や変則を記録していくことが作家の仕事でもあるのだ。わかってはいるけれど、そうはできなくなることもあるのが、人間なのだと今でも思っている。

しかしどうしても好きになれない言葉、というか、心の姿勢というものはあるものだ。その一つが「食べ放題」という言い方である。

多くの場合、それはバイキングと呼ばれるレストランの形式を表すのに、使われている。食べたいだけ食べても、料金は一緒だということだが、その裏には、たくさん食べなきゃ損だ、という意味が発生している。

私たちは六十歳になった年に、同級生で韓国に還暦記念の旅をした。釜山に着くと、日本語のできる女性ガイドさんに、名物の「韓国焼肉」のレストランに案内された。

ガイドさんは、「どうぞたくさん食べてください。いくら食べても料金は同じです」と言ったが、私たちの中に、なぜか指導的なことを言うと板につく人がいて、彼女はほんの少しでも肉が残っている間は新しいお皿を注文せず、その上「皆あんまり食べない方がいいわよ。まだ旅行は始まったばかりなんですもの」と警告した。

私たちの学校には、まだエコとか途上国の貧困などという概念もない戦前から、むだは醜い、その人にとって必要なもの以外は手を出さない、という気風があった。

私はかねがね「腹八分目」なんて自制するのはいやだ、「腹十分目」食べるからこそ満腹感を味わえる、などと言っていたのだが、最近では、適切な食事の量を食べるように自制して生きることが、ますます端正な生き方だとわかってきた。

テレビのコマーシャルが「食べ放題」をうたっていると、貧しさを感じる。「介護保険を払った以上、使わないと損よ」と口に出して言う人の心とどこか似ている。

和食の無形文化遺産登録
――素朴な家庭料理の伝統も忘れずに

「和食」が国連教育科学文化機関（ユネスコ）の無形文化遺産に登録されることが決まって、多くの人が「そうだろう」と喜んでいるようだ。

私には外国の生活体験はないのだが、旅行者として、贅沢なレストランも田舎の食堂も修道院料理も食べて、それぞれにおいしいと思いつつ、日本料理と決定的に違う点に気づいていた。

それは日本料理のほとんどが、徹底して油なしで調理されていることである。世界中の料理で、こんなに油気なしで調理法ができているものはないと思う。

私は五十歳まで、ほとんど料理らしい料理をしない暮らしをしていた。実母と同居していたせいもあるが、後半生から突然毎日のように料理をするのが好きになった。今でも私の最大の道楽である。ただ私はどんなにおだてられても、料理の本は書かない。私の料理は徹底して手抜き、時間短縮、残りものの食材利用を目的とした家庭料理なのだから、とても「お座に出せる」ものではないと知っているからだ。

日本料理と言っても、実は明らかに異なった二種類の物がある、と私は思っている。一つはいわゆる専門家の手になる日本料理で、ほとんど芸術である。もう一つは私が母から伝えられたような土地の産物で庶民の手が出る範囲で作る家庭料理である。この二つの日本料理は、実はかなり違ったもののような気がする。

無形文化遺産の表に立つ、玄人の手になる日本料理は、調理用具の整備の厳密さや、食材の吟味の仕方、包丁さばき、盛りつけの技術、器への執着、食事をする部屋のしつらえまで問題になってくる一種の総合芸術だから、これこそ世界に見せたいものだが、私はたまにしか食べたくない。

第一に、それは高価で、普通の感覚では食べられない。第二に、供される場合しばしば種類が不必要に多すぎ、飾りにも手をかけているから、私の好きなものだけ、ほんの

一、二種類をたっぷり食べるという満足感がない。

一方の家庭料理は、素朴なものだ。私は毎日のように、この季節ならブリ大根、ピリ辛こんにゃく、根菜類と鶏肉の筑前煮、石狩鍋風シャケと野菜の熱々鍋などを作っているが、材料はたいていその時家にあるものだけで作る、一種の手抜き料理である。しかし、生活と家族の趣味を反映しているから長続きする。

日本料理が無形文化遺産に選ばれるのはもちろん嬉しいことなのだが、プロの懐石料理ばかりが日本料理と思われても困る。しかし家庭料理の伝統的おかず作りの習慣は、現在衰えるばかりだ。おかずは今やデパ地下やコンビニで買うと思っている人が多い。

文化遺産継承の意義の半分は、家庭料理の伝統にあると思うので、有名料理店の板前さんだけに代表を任せないでください、とお願いしたい。

「おカイセキ」の謎
――いささかの欲から離れることが人間を創る

二〇二〇年の東京オリンピックに向けて、おもてなしの国民性を伸ばし、外国人を親身に受け入れることに私も大賛成だが、日本料理に関しては、いささか解説が要る、と思うことが多い。

今から十年以上も前、私の昔の同級生が突然アメリカからやってきた。ご主人がアメリカ人なのである。私の出先に電話をかけてきてくれて、それじゃどこかで夕食を食べましょう、ということになり、私が、「何が食べたい？」と聞くと、

「おカイセキ以外なら、なんでもいいわ」

と言う。日本に来たら、意外と昔ながらのライスカレーを出してくれるうちがなかっ

たと嘆いていた友達もいた。

　結局私たちは、その夜私が仕事をしていたホテルの上階で、鉄板焼きを食べたのだが、私は心の中で「おカイセキ」という語に関する私の無知か実感のなさをしみじみ感じていた。

　今日のたった二人きりの食事は「会席」とは言えまい。私たちは歌や俳句も作れないし、お茶会の予定もない。しかし一汁三菜の典型的懐石のことを恐れたのでもあるまい。われわれ素人が会席料理という時は、漠然といわゆる正式な日本料理の、それも玄人が作ったごちそうという意味だと思う。

　彼女が考えている日本料理は、一体何なのか、私は詳しく聞くことはしなかったが、確かにわが家で作る日本料理風「手抜き料理」と違うことは明瞭だ。

　この一週間くらいの間に私がうちで何を作ったか考えてみると、（季節的に今冬最後の）ブリ大根、タケノコと油揚げの煮物、鶏の砂肝のトマト煮、イワシの煮付け、ブリの照り焼き、一口豚カツ、新タマネギのおかか出汁煮、高野豆腐の煮物、親子丼、などで、材料だけ買ってきてすべてうちで料理したものだ。アメリカ暮らしの友達は、つまりそういう素朴なものを食べたかったのかな、と思ったが、よくはわからない。

「お懐石」の特徴は、むしろその皿数の多さだ。ほとんど季節に先駆けたすべての食材が贅沢に並べられる。今風の言葉で言えば「客に優しい」のだ。それと料理に伴う演出のすばらしさである。懐石料理に食味以上の味をそえるのは、包丁そのものの切れ味であり、包丁さばきの技術である。私も包丁を研ぐ趣味はあるのだが、最近は怠けてなまくらで切っている。

しかし「お懐石料理」にないのは、好きなものだけをたくさん食べたい、という庶民的な人間の欲求だ。私は昔飛騨の高山に講演に行き、土地の料亭ですばらしい椎茸《しいたけ》のお寿司を二個出してもらった。もう少し欲しい、と言うと、同行の先輩に「そんなことを言ってはいけない。二個だからいいのだ」と教えられた。そういえば、すべてこの世の欲望は、もう少し欲しいという地点であえて離れることで人間を創るのだろう。

芸術的だが客の好みやオーダーを一切受け付けない「お懐石」と、個人の家の好み一筋でたっぷりと作るお総菜家庭料理とは、全く違う日本料理だと外国人に言う必要はあると私は思う。

「おもてなし」への違和感
――日常的に人をもてなす精神を復活するべき

オリンピックの東京開催が決まる直前に、招致のためのプレゼンテーションが行われた時、滝川クリステルさんが「おもてなし」という姿勢を初めて世界に見せ、その日以来、突然「おもてなし」という言葉が「絆」とか「もったいない」とかいう言葉のように、日本語社会の中に入ってきた。

私は最近の日本人の生活から、おもてなしが実はほとんど消えていると思っている。私のごく狭い友人たちの範囲以外では、気楽に食事に招いたり招かれたりする人が、ほとんどいなくなっていたからである。

個人的な事情を考えれば、それもしかたがないのだろう。家は狭くなり、プライバシーが大切という風潮で、自分の生活を世間に見せたくない人が増えた。しかし若い世代が、はでなパーティー族は別として、友達を気楽に自宅の食事に招待しなくなったのは、昔と違って大きな社会的な変化である。

私は食事に呼ぶことだけが「おもてなし」だと考えているわけではない。日本を訪れる外国人にとって最大のおもてなしは、国家の治安、インフラの整備が完全なこと、町の人の誠実さなどであろう。

今日本にあるのは、商業的な「おもてなし」ばかりだ。自然のおもてなしは、その人の人間性に発し、商売上の「おもてなし」は表情にマニュアルがあるからすぐわかる。しかし商売上にしても、日本人は外国人に比べて無愛想でもなく、繊細で、頭がいい。最近では教えられた通りの会話しかできなくなったエイリアンのような従業員も増えはしたが、宿泊設備、飲食業、交通施設、流通業、どれをとっても日本人従業員は外国人よりは優秀だ。しかしおもしろい人間的な会話ができないという点では、かなり劣る。

オリンピックを機に、期間限定のボランティアが増えたり、外国人の買い物に対する税金の払い戻し処置が取られたりするというが、そんなことは外国でもやっている。

日本人は日常的なおもてなしの精神を復活するべきだろう。誰しも老後は寂しいのだから、近所の同じ老世代と、ご飯を一緒に食べるだけでいいのだと私は思っている。自分の家でお客をしたこともなく、普段親とのつながりもないのに、震災後にいきなり絆という言葉が流行ったように、おもてなしがすんなりと採択されてしまうと、私はどうも落ち着かない。

私が今までに聞いた最もすばらしいおもてなしは、イタリアのある地方の習慣だ。もちろんその地方の住人の全部がそうなのではないだろうが、信仰厚い家庭では、食事のテーブルに必ず一人分余分の席を作るという。それは突然やってくる人——知人であることもあり、時には困窮している旅人の場合もある——が気楽に席について、一緒に食べられるためである。そこは目に見えない神のいる席なのである。

第二章　誰もが他人にはできない仕事を果たしている

生命科学の急発展

――人間の「寿命」とは各々に適した「背丈」

人工多能性幹細胞（ｉＰＳ細胞）を世界で初めて開発した山中伸弥京都大学教授に対して、ノーベル医学・生理学賞が与えられた翌朝、私は当の山中教授は、さぞかし憂鬱でいらっしゃるのではないか、と全く余計なことを考えていた。

一般に小説家というものは、思い込み、独りよがりなどの性格的悪癖を持つ上、私はいいことより常に悪いことを考える性格なので、教授の研究は人間の生と死の意味を、もう一度長期にわたって根本から考え直さなくてはならない分野のまさに入口に立っているように思われたからである。受賞の歓びの翌日から、その理論の実用・発展に対して抑制の方向の研究も必要だとしたら、開発者である山中教授には早くもその責任が発生していることになるからだ。

私は自然科学的知識も才能も全くないので、こんな心配はとんちんかんなのかもしれないが、その日私は昔の体験を思い出していた。

私の幼い頃の戦前は、誰もが質素な暮らしをしていた。大東亜戦争が始まると東日本大震災の被害などとは比べものにならないほどの、深刻な物資の不足が長年月続いた。

私の母は多分お針子にもなれたほど針仕事がうまい明治女で、始終縫いものをしていた。「継ぎ当て」などという、今の日本人は聞いたこともないような仕事が、当時の日本人の生活でごく普通だった。シャツやズボンに開いた穴やかぎ裂きはもちろん補修した。私は転んで紺サージの制服のスカートを大きく破いたが、母はそれも継いでくれたので、私はずっとそのスカートを履いていた。

戦後はナイロンのストッキングという贅沢品が現れた。私たちも憧れの的のストッキングを買ったのだが、すぐにラン（伝線）ができるのが頭痛の種だった。ランは初め、中にテニスボールを詰めて自分で繕っていたが、後には専門に修理する業者もできた。

私の母はやや浪費的性格だったので、戦争中のある日、私に言ったことがある。

「古いものを直して直して使うのはいいんだけど、それをやっていると、どこかに無理ができて、必ずそのそばの古いところがまた破れてくるの」

だから母は、とことん修理はしないで捨てる、と娘の私に言いたかったのだろう。

人間の臓器も多分そうだろう。病変を起こした臓器は新しく取り換えられても、他の臓器が古いままだと、多分その継ぎ目や周辺からほころびが出るのは避けられない。

寿命という言葉は、ギリシャ語で「ヘリキア」と言い、驚くことに「寿命」という意味だけではなく、「その職業に適した年齢」「背丈」という意味も持つ。それらのものも、最近の人は医学で動かすことができそうな気配になってきた。現代人はギリシャ人のヘリキアの概念を圧倒するのか、その元の意味にやはり呑まれるのか。そしてどちらが幸福なのか、大きなドラマだ。

不足と感謝

——誰もが他人にはできない仕事を果たしている

先日、小学校からの同級生がカナダからひさしぶりに帰国して、私の家にも泊まっていってくれた。日本が大東亜戦争に突入する直前に、引き揚げ船でイギリスから両親と帰ってきた帰国子女で、その後、修道女になった。

今彼女は八十代の半ばで、まだトロントの近くのカトリックの大司教館で働いている。零下二十度の気温の中を自分で車を運転して出勤するという。

昔編入してきた当時の彼女は、日本語がうまくなかった。しかし彼女の英語を聞いた時から、私は自分が英語を学ぶ気力を失った。被害甚大だった。その彼女が、二週間あまりの日本の滞在の後で、印象を語って帰ってくれた。その中の一つは、（自分に関する限りだが）子供の時に戦争を体験したのはよかった、ということだった。もちろん私たちは二人共に、戦争の残酷さを充分に知っている。

知人が応召して戦死した。東京大空襲では、一晩で十万人の市民が焼死した。私たちも、飢えや虱《しらみ》、家を焼かれて野宿した体験を持った。私たちは皆貧困児童だったのだ。結核で若い人生を閉じる青年の無残な死にも立ち会った。

しかしそうした悲惨な記憶が身にしみたから、贅沢でなくなった。わずかにあるものをいつも深く感謝している。生活は豊かである方がいいが、それも程度問題で、なければないで生きていける、と思う強さも与えられた。

人間を創るには、二つの面が要る。愛されて豊かに生きる面と、時には理解されず、物質的困窮さえ体験しながら生きる面とである。戦後の日本には、後者の要素に対する評価がほとんどなくなった。望んで苦労することはないが、現実に教育という面から考えると、逆境が強い人格を創る機会は実に多い。

私たちが、カトリックの学校から受けた影響は、年と共に深くなっているようでもある。何であろうと、その時々に個人が神から与えられた仕事を果たすという意識である。

誰もがこの世で二つとない任務を命じられている。その人の得意な面、おかれた環境によって、神は一人一人に仕事を命じる。任命書は上役を通して渡されるのではなく、日々、神から直接密かに伝えられている。この密かな使命を果たしていくと、神がその仕事ぶりをじっと見つめておられる、という感覚もできる。

神の視線を感じると、他人の仕事を不当に羨むこともなく、あんな仕事は大したもんじゃない、と貶《おとし》めることもなくなる。私たちは皆「神の道具」として登録されている。のこぎりにねじ回しの役はできない。誰もが他人にはできない仕事を果たしている。

十三歳の少年を惨殺したという十七歳と十八歳には、この視点が欠けていたのだろう（二〇一五年二月二十日、神奈川県川崎市の河川敷で、中学一年生の男子生徒が殺害され、遺体を遺棄された事件）。自分が生きているのは、すべての人のおかげだ、という基本を教える人が周囲にいたら、彼らの人生の風景はもう少し変わっていたのではないか、と思う。

テレビ雑感
――正義と復讐。人間の本性にある原始的な情熱

二〇一三年に大ヒットしたテレビドラマ「半沢直樹」を、私は同じ時間の裏番組の衛星放送ばかり見ていて、完全に見逃していた。しかし評判になり出してからのマスコミの記事は、よく読むようになった。

私がここで解説をする必要もないほど世間はこの番組を熟知しているのだが、このドラマが受けた理由は「熱くまっすぐな」半沢直樹という銀行員が「やられたらやり返す」その復讐も「倍返しだ！」という激しさにあるようだ。

制作をしたTBSは、既にヒットの原因を細かく分析しているだろうが、ドラマが当たったのは、ひとえに霞が関の官僚たちの事なかれ主義の精神構造と、その政策に国民

が愛想を尽かしていたからだと私は思っている。

つまり霞が関の官僚たちの大多数は、勇気も熱い心も持ち合わさない。危険を冒してものごとの筋道をまっすぐに通そうとする情熱は、最初から片鱗も見られない。いじめ問題でも、校内で一切の暴力を振るうのを違法とすれば、それで解決したことにした。しかしそんなことはない。いじめは、昔から正義の表れでもあった復讐と合体して、人間の本性の中にある原始的な情熱だった。しかし現代人は単純に原始的であってはいけない。倍返しにした復讐でいいかどうかの苦渋に満ちた決断は当然発生する。

しかし政府も政治家も文科省も、このいじめという人間の根源的な情熱を、校内暴力の禁止という上辺だけの塗り薬の処方のみで治療可能だとしたからこそ、民衆は「半沢直樹」という人物を借りて「そんなことでは済まさない」という反撃に出たのだ。実にこのドラマが高視聴率を稼いだのは、霞が関の教育方針に国民が納得していなかったおかげである。

同じTBSの朝の情報番組「みのもんたの朝ズバッ!」の顔であったみのもんた氏は、他のテレビ局に勤める次男が、他人のカードを使ってATMから金を引き出そうとした嫌疑を受けて逮捕された後、自分の名前を冠した番組を自主的に降りた。

その数日後のニュース番組の中で、氏は家の前に集まった百人に近いかと思われる報道陣の質問に答えた。これこそ、いじめのもっとも具体的な情景であったろう。マスコミ人たちの心情はこんなにもあさましいものだ、ということを示す、これほど能弁な光景はなかった。

当人が犯しているのでもない責任を追及するために、他人の弱点を人中にさらして興味を惹くというやり方は、実に薄汚いものだ。世間の非難を浴びているのは、三十歳を過ぎた息子である。もう親の責任は取り得ない年だ。

あの時、あの会見を知りつつ参加しなかったテレビ局がもしあったなら、私は是非その節度と勇気を示した局の名を知りたい。

みの氏には新しい使命が課せられた。既に充分大人になった子供たちの非社会性に苦しむ多くの親たちの理解者として、今後働く使命である。

ワークシェアリング

——心を語るのは、静かな場でしかできない

私も昔、テレビに出ていた時代があった。テレビ文化の幕開けの頃だから、四角い箱の中で人や動物が動いて音声が流れるのが不思議。テレビがカラーになると、「どうしてその部分に間違いなくその色がつくんでしょうねえ」と感心する人がいた。服の色が、人間の顔の部分につかないのが不思議だったのである。私もその一人だった。

しかし私は中年で本来の出不精に戻り、テレビの出演を億劫がるようになった。それでここ十年くらい、スタジオと名のつくところに入るのは、ほんのたまである。

しかしある時、驚いたことがある。テレビのスタジオにいる人員が昔と違って恐ろしく増えたことだ。出演者の数も画面に映らないスタッフも、共に増えたのである。五十

分番組も民放でコマーシャルが入れば、正味四十分くらいだろう。アナウンサーが男女二人、その時間題になっているトピックについて話すコメンテーターの頭数で時間を割ると、五人なら一人八分以下、六人なら約六分ちょっとである。落語家なら別として、私も含めた普通の人には、六分やそこらで大切な点に確実に触れる話術はない。

私は単純に頭数で割って、一人十分以下の番組には出ないことにした。当時のコメンテーターは一列並びだったが、今では雛壇らしい。

その頃から生でも録画でも、スタジオにいるスタッフの人数も増えた。何ごとが起きたかと驚くほどの人数がいた時もある。

ちょうど私は日本財団に勤めている時だったので、テレビ局の人使いの杜撰《ずさん》さには驚いた。人件費や経費は切るべきところで切り、贅沢にしなければならないところには金を惜しまないというのが、仕事の鉄則である。その企画にかける日時も、長いとつまりその分だけ経費がかかるということだ。

昔の出版社は、ほとんど一人で談話を取りに来たり、対談の相手をしに来てくれたものだ。しかし最近では、一度に四人もの人が来たりすることが増えたので、私は近頃は訪問の人数を事前に教えてもらい、どうしてもそれだけ要る、という企画は許してもらうことにした。私は昔から大名行列の中の一員になることに神経がついていけないのである。心を語るのは、静かな場の中でしかできない。

ワークシェアリング（仕事の分かち合い）という名で、元は一人でこなしていた仕事を幾人にも割り振り、自分の負担を減らせば楽になる。責任も一人で負わなくて済むのが最近の風潮なのだろう。すべてがイベント風なのだ。

その結果、その道のベテランが減って、日本語もあまり達者ではない記者が、数人がかりで番組を作り記事を書くことになる。ワークシェアということは「素人集団を作る」ということで、それなら給与が減っても当然だ。しかしそのことを、経営者は恐れて口にしなくなったのだろう。

映画「サッチャー」

——姿勢を正して世の中に出る端正な女性像

真夜中の衛星放送で見た「マーガレット・サッチャー　鉄の女の涙」という映画は、言うまでもなく、英国の首相だったマーガレット・サッチャーの伝記的映画である。

この映画の完成が、サッチャー夫人が認知症になった後でよかった、とつくづく思う。女史の精神がまだ健全な時に製作され、発表されていたのだったら、多分多くの部分ができたらめだらけだと言って怒ったのではないかと思う。

私は伝記小説も伝記映画も好きではない。人は他人のことなどわかるはずはないのだ。だからそれらのものは架空の伝説を作っているだけだ。

初めて自分の原作が映画化されることになった時、唯一の恩師だった評論家の臼井吉見氏は、「映画の原作料というのは、貞操蹂躙《じゅうりん》料みたいなものだから、できるだけたくさんお金をもらって、できた映画は見ない方がいいですよ」と笑いながら忠告してくださった。つまり映画というものは、作家が描いた内容を、かなり違うものにしてしまうはずだから、全く期待しない方がいいということだ。最近では「貞操蹂躙料」などという表現を使うだけで叱られそうだが、よくわかる説明だ。

しかし映画には映画の機能がある。臼井氏の言われるように、そこには一線を画して、全く別のお話として見ればいい。そう思えば、この「サッチャー」は名作であった。

ことに見る人の心を打つのは、生涯を通して妻を背後から支え続けた夫のデニスの存在である。この映画に描かれたミスター・サッチャーは、政治の激流にさらされて、始終ストレスの極に達して爆発し、崩壊しそうになる妻を、少し離れた所から、父のように兄のように見守り、励ます。その人柄は賢明で、男らしく慈愛に満ちている。

しかし私の最大の感激は、メリル・ストリープが演じるサッチャー夫人役によって、久しぶりに実に端正なスーツをたくさん見られたことだ。姿勢を正して世の中に出ていく女性で、スーツを着こなす人は、近年実に少なくなった。スーツでこそ女性は、慎みも、優雅さも、愛らしさも、気品も、威厳も表せるのだ。

ストリープは決して痩せた女性ではない。適当に肉付きよく骨太で、いつも髪をきれいに手入れし、胸を張って誰にでもわかる思想のある喋り方をする女性として描かれている。その端正さも、生まれつきのものではなく、訓練によって習得したものだという設定である。

今、活躍する働く女性たちにも、ただ町をぶらつく女性たちにも、こんなに見事にスーツを着こなす人はいない。こういうスーツを日本で作ろうとすれば、実に高価なことも本当だ。しかし下着か寝間着姿で出てきたかと思うようなファッションばかり多い中で、私はひさしぶりに、英国風の、正当な保守的ファッションの中に、息をのむほどの折り目正しい、華やかな色気をたっぷりと見せてもらったのである。

ある母子の「疎開」
――健康被害恐怖症が招く家庭的犠牲

知人が京都から、新聞の投書のコピーを送ってくれた。五十三歳の京都在住の主婦という人のものである。その人の近所に、東京電力福島第一原子力発電所の事故後、東京から母と子が放射能を恐れて京都に疎開してきたという。

「東京にまで放射能汚染が広がっているのかと驚いた」とこの主婦は書いている。

その疎開者は「東京にいるときは、マスクを着用したり、子どもには泥遊びを禁止したり、(中略)それでも安心できず、安全な京都に移住したそうだ」「彼女のような母子移住が、大変多いそうだ。この事実を関西人の大部分は知らず、彼女はその温度差を悲しんでいた」というのが投書の趣旨である。

私は二〇一一年の三月十一日以後、ずっと東京で暮らしたが、直接の知人でこのような疎開をした人は一組だけである。高齢の母と娘が京都に逃れた、と聞いた。それも今は東京に戻っているという。

この投書について、最近私はあちこちで、これがほんとうかどうかを尋ねるようになった。わが家で働いてくれる人の息子の同僚が一人、事故直後から姿を見せなくなった。行きつけの美容院では、あの日以来、店に顔を見せなくなったお客さんのうち、疎開したという噂の人は、二、三人いるかもしれないという程度である。

こういう全く的外れの大げさな投書を読むと、東京人は逆にびっくりするだろう。私たちの暮らしは、事故後も前もほとんど変わっていない。外出も控えず、子供たちは動物園にも海にも行き、私たちは何でも自由に食べていた。それでいて健康被害も、全く出ていない。産経新聞は、事故以来ずっと各地の放射線量の数値を毎日報道していた。

私は仕事柄、かなり直接的な知人の数が多い暮らしをしているが、数百人の個人的な名前の中で、あの方は東京をお離れになりました、という人は前述の母娘だけである。他にはお名前だけ知っている女性作家が二、三人、東京を離れたと聞いているだけだ。

私の知己の場合、おもしろいのは年寄りほど健康被害を気にしていて、もう東京の水は飲まないようになった人もいるが、正直なところ七十歳にもなる高齢者が、何をそんなに恐れているのかとおかしくなる。投書者も書いているが、こうした疎開者の家庭的犠牲は大きく、お父さんが職場に残れば家庭が二つに分断され、一緒に逃げれば職を失う。それほどの騒ぎをする必要は全くなかった。

誰にとっても故郷はいいものだ。ことに東京は京都と同じほど魅力的な町だ。京都と比べて明らかに劣るのは情緒がなくてほこりっぽいことだが、ここには日本の最高の知性と個性と自由な精神が集結している。医学的にも安全数値内の放射能を避けて、そんな豊かな土地を捨てる人などごく例外だったのである。

東日本大震災二周年
——人の世には「安心して」暮らせる日々などない

二〇一三年の三月十一日は東日本大震災から二度目の記念日で、亡くなった方たちにとっては仏教で言う三回忌に当たった。だからあらゆるマスコミがその特集を組むのはよくわかるけれど、その中に「この惨事を決して忘れない」などという姿勢を感じたり、その手の投書を読んだりすると、私は少ししらけた気分になる。

私が第二次世界大戦の終戦を迎えたのは十三歳の時だった。完全な大人とも言えず、しかしまだ記憶の定まらない子供でもない。私は当時軍需工場に動員されていて、最年少の「女工」として働いていた。

私は東京で、明日まで生きていられないかもしれないと思う執拗な大空襲を体験した。

私たちにとって現在のアメリカ人には民主的な好人物のイメージがあるが、東京という非戦闘員が何百万人と集まって暮らしている場所を、それと知りつつ空爆したのだから広島・長崎に対する原爆投下と同様、明らかに国際法違反である。

ある日、私が空襲の最中に庭の防空壕から出てくると、平屋の私の家の棟の上から突然一機のグラマン戦闘機が現れて機銃掃射を加えた。操縦席に乗っているアメリカ人の顔まで見えるほどの低空だった。もちろん私は強度の近視だったから、相手の目鼻立ちがわかったとはいえない。しかし自分をめがけて撃ったように見える「敵」の顔を見たのである。もっとも飛行中の戦闘機が、自分の真上に近い所から射撃しても、自分には当たることはない。目標はもっと遠い地点にいる人か物だったはずだ。しかし私が個人的に何の関係もない人から撃たれたと感じたのはその時が初めてだった。

地震のことは語り継いでいきたい、決して忘れません、という投書も見たが、戦争のことを忘れません、などと宣言する人は稀だろう。改めてそんなことを言わなくても、私は自分の精神の成長の全要素を、戦争から大きく学んだ。人を教育する要素は、多くの場合よいものの立派なものからが多いが、私は不幸からも危険からも不便からも病気や怪我からも学んだ。戦争そのものと、その影響は八年も十年も続いたのだから、その教育的効果の大きさは計り知れない。

私はその中で強くなったと言わねばならない。耐えることも学んだ。人間の浅ましさも目撃した。死別の痛みも知った。人生の儚さも知った。人の世には、ただの一日も「安心して」暮らせる日々などないことを肝に銘じて知った。地震や津波より、戦争というものは、比較にならないほど、苛酷な体験だった。

だから東日本大震災の記憶をいいかげんにしていいというのではない。しかしマスコミの記念日の報道特集はわざとらしい。あれからずっと、立ち直ろうと地道に耐えて暮らしている人々の営みを、今後も時々そっと小出しに伝えてくれる方が、どれだけ静かな真実味があって嬉しいか知れない。

シリア動乱めぐる報道
――人間の最期には必ず救いがある

動乱の続くシリアのアレッポで、ビデオジャーナリストの山本美香さんが撃たれて亡くなった。

今まで日本のジャーナリズムは、もちろん何人かの勇気ある犠牲者は出したのだが、多くの場合、やや安全な後方にいて、第一線の生々しい写真は欧米のカメラマンや記者の仕事に頼っていた。日本の新聞社や通信社が、自社の記者に犠牲が出るのを避けていたのだろう。

しかし人はどんな仕事でも命を懸けなければ達成しない。作家ですら現場主義を採るなら、ある程度の危険は覚悟している。他者が書いたり言ったりしたものを引用するだけでは、ほんとうの仕事とはなりえないからだ。自分で現場を踏むことが、作品の独自性の証なのである。ことに写真は現場以外では全く作品ができないという宿命を持っている。

素人の私が保証できるわけではないが、多分山本さんは、最期にほとんど苦しまれなかったろうと思う。重い怪我ほど、当人はほとんど痛くも苦しくもないらしい。私は二度も足首を折っているのだが、最初の怪我の時は、そのまま約束してあった講演を車椅子で済ませた。痛みは全くなく、仕事を終えて病院に運ばれた六時間後に、初めて急に血圧が下がった。

一九九五年、当時の警察庁長官・國松孝次氏が何者かに狙撃された事件の後にお会いした時、「あの瞬間、お痛かったですか」と尋ねたら、痛みはなく、冷静な考えをめぐらすことも可能でいらしたようだ。多分ちょっとした怪我がけっこう痛く、重傷は無痛の状態から急に意識を失うのではないかと思え、人間の最期には必ず救いがあるのではないかと、爾来《じらい》私は思うようになった。

しかし山本さんの犠牲に関する周囲の報道の言葉には、いくつか違和感を覚えた。日本人がオリンピックに熱中している時に、山本さんは危険なシリアにいたとマスコミは書く。日本中がオリンピックに夢中だったわけではない。シリアの動乱やヨーロッパの経済破綻の方がずっと大きな問題だと無言のうちに思っていた人も多いはずだ。

山本さんは、女性や子供など弱い立場の人を見つめて仕事をしていたという。そこにはドラマがあるから誰でもそうするだろう。それに弱者は必ずしもいい人ではない。こうした土地の子供たちは、ごく幼いうちは無垢だが、少し大きくなれば平気で嘘もつき金もねだる。しかし自分の親には日本人よりもっと寄り添って、手伝いを厭わない。

シリアでは「無辜《むこ》の人」が殺されている、という書き方も私は正確ではないと思っている。無辜の人というものはこの世にはない。貧しい人は、ほとんどすべて生きるためにそれなりにしぶとく狡くなっている。そういう人たちでも、穏やかな暮らしは要るということなのだ。

ある大学生の事故
——生身の人間や人生とぶつかり、不幸を修復する

千葉県野田市の未明の県道で、ワゴン車が塀につっこむようにぶつかって止まっており、そばに一人の大学生の遺体が残されていた。現場は無人だったので、誰もが奇異な感を抱いただろう。

起こってしまった事故は致し方ない。しかし、人が一人、傍《かたわ》らに投げ出されて死亡しているように見えれば、少なくとも同乗者はあわてて介抱し、救急車を呼び、携帯であちこちに電話をかけるだろう。それが犠牲者と事故車を残して、全員が消えてしまったのだから、これはやはり大きな問題を含む事故だったのである。

千葉県警のその後の調べでわかったのは、ワゴン車には、投げ出されて死亡した大学

生の他に、運転をしていた大学生を含めて、五人が乗っていた。彼らはその前に居酒屋に行き、運転していた大学生はジュースを飲んだだけ、と言うが、微量のアルコールが検出された。直接の原因は、飛び出してくる猫を避けようとして塀にぶつかったのだという。

猫を避けようとしてハンドルさばきが狂うのはよくあることで、「本当にあれは危険なんですよ」という体験者もいる。つまりその瞬間、何人も正確な予測をすることができなくなる、ということだ。

昔、砂漠での運転を習った時に、ラクダと衝突しそうな場合の技術を教えられた。ラクダにぶつかりそうになったら、全力でアクセルを踏み込んで、ラクダを吹っ飛ばすようにしなければ、車にぶつかった瞬間、あの巨体が運転席の上に倒れてきて、人間が押しつぶされるのだという。しかしこれは特殊例だ。

現実の世界では、一人の人間の上に、希《ねが》わしくない現実が起きた時には、全力を挙げて、その処理をしなければならない。逃げて逃げ切れることではないのだ。私たちは子供の頃から、こうして耐え難いほどの困ったことや痛みを覚えることと対峙して、不幸を修復する訓練をさせられた。私たちはコンピューターの中の疑似人生ではなく、生身の人や人生とぶつからねばならなかったから、自然に心も鍛えられていったのだ。

そこに乗っていた五人が五人とも、倒れて動かない友人を見捨てて逃げてしまったという状況は異様だし、もしそれが大学生たちだとするなら彼らは基本的な人間性において、学問をする資格がない。大学当局も、深く考え直さねばならない点だろう。現実を直視し、常にその状態について自己責任を果たし続けなければならないのが現世というものだからである。

そんなことを思いつつ新聞を読み終わって、朝七時過ぎの電車に乗った。わざわざ選んだのではないが、偶然その出入口の側は老人専用席だった。

向かい合って六人分の席には、中年若手の男たちばかりが座っていて、六人が六人とも眠っていた。おかげで私は席を譲られなくて済んだのだが、現実回避ばかりを選ぶ日本人は病んでいる、という人もあるだろう。

「少年A」の手記
――人間の使い方、生かし方にはさまざまあっていい

一九九七年に神戸で起きた連続児童殺傷事件の犯人は、自ら「酒鬼薔薇聖斗」の名前で犯行声明を出し、その結果逮捕された。

当時十四歳だった当人は、現在三十歳を過ぎている。彼がこの度『絶歌』という題で手記を出版した。これが遺族の心を傷つけ、直ちに出版停止、本の回収を要求しているという。それに対して、産経新聞の「主張」筆者は賛成のようだが、私は致し方ないと思う。筆者は「加害者に発言の場を与えるな、と言っているのではない。その中身や節度の問題である」と書いているが、もともと節度のある性格なら、こんな罪を犯すわけがない。むしろ著者の履歴や現状によって、表現が制限されるということは、やはり危

険だ。

もちろんこの場合、出版社の意図の方が批判にさらされるだろう。猟奇的な内容だから売れるだろう、というあさましい魂胆が見え見えのようにも思われるのは、この「本が売れない時代」に初版十万部を刷る、ということが、それを表している。

私はまだこの本を読んでいないし買う予定もないが、いつも気になるのは、幼時から世間の耳目をそばだてるような事件を起こした若者たちを、社会は将来どう扱うのだろうか、ということだ。

同級生を殺して「人を殺してみたかった。体の中がどうなっているのか見たかった」という意味の供述をした少女もいたが（二〇一四年七月二十六日、長崎県佐世保市で、高校一年生の女子生徒が同級生に殺害された事件）、この手の不思議な遺伝子を持っているとしか思えない人間を、社会は一生役立たずの、再度罪を犯すかもしれない危険分子として、ただ隔離して生かすのだろうか。

こういう若者は、一つことを続けてやる気力や、それに向いた性格がないのかもしれないが、私は彼女を生涯、解剖助手として使うべきだ、と考えている。

ハッカーや泥棒などは、その得意の業で世間に償いをすることだ。

大昔、わが家に泥棒に入った人は、翌日私に電話をかけてきて、私が穏やかに相手をしたものだから、細々とわが家の防犯がなっていないことを教えてくれた。

「表庭に一匹、裏庭に一匹、犬を飼うことだね」と彼は言った。

「そうですか。でもうちでは高校生を一匹飼っているもので、これ以上は動物を飼えないんですよ」と私は答えた。

もちろん専門家になるということは、そんなに甘いものではないのだが、それでも人は興味があって得意なことなら、その才能を認められ、その道で世間の役に立ちたいという思いもあるだろう。うまくいけば、変人だが、その道に関してはいっぱしの専門家として、その世界で大切な人になれるかもしれない。

小説家などという人種も、他の社会ではやっかい者という場合も多い。しかしその分野で働かせてもらえたからこそ、生きる道を見つけた。昔、小説家などという職業は、堕落した賤業だと思われていた。私はその時代にあえてその道を選んだ。人間の使い方、生かし方というものは、実にさまざまあっていいのだ。

第三章　人間の奥深さには善玉も悪玉もない

SNS漬け社会
――雑音を排し、自分を育てる知識を選ぶ

電車に乗ると世相が見えるという大きな楽しみがあるが、反対側の席に七人が座っていて、その七人のうち、五人か六人がスマホかタブレットをいじり、一人が居眠りをしている光景はごくざらだ。本音を言うと、これは少々異常事態、気味の悪い光景だと思う。

私は自分でじかにコンピューターで原稿を書く。学生時代からタイプをいじっていたし、今では機械に慣れたので、打ち込むのもかなり速い。しかし私のコンピューターは外部とのつながりは一切ないようになっている。

最近、ある知人のブログに私の名前で書き込みがあったと聞いて（「そんなことがで

きるものなんですか」と私は人に尋ねたものだ）、ますます恐れをなした。私ではない誰かが騙《かた》って書いたのである。

爾来私は「私の名前のものは、すべてニセモノです。私はエレキは一切やりません」と公言して、若い作家仲間に笑われている。そうでもしなければ、筆跡で判断する方法もないブログの書き込みなど、不法なものの責任から逃れられないからである。

しかし私はこの世界に興味がないわけではない。最近の産経新聞でも、このＳＮＳ（ソーシャル・ネットワーキング・サービス）の黎明期に高嶋哲夫先生がＳＮＳについてほんとうにいい解説的な記事を書いてくださったので、ずいぶんためになった。

先生がただ今のところ入っておられるのは、ミクシィ、ツイッター、フェイスブック、ラインだそうで、それらによって見知らぬ人からまで情報が入る。そして大勢の人の意志が、世界の政治的動向を動かすほどの力を持ちうることもある。「パソコン、スマホとインターネットを使うすべての人が、個々に発信手段を持つこととなった」と先生は言われる。それこそ民主主義の基本的な形態だろう。

しかしここに一つだけ、抜け落ちている視点があるように、私は思う。それは時間というものの有限性である。一人の人間は、誰もが二十四時間しか持っていない。これは偉大な平等だ。寝る時間を切り詰められる人と、八時間、時に十時間も眠らねばならない人の違いだけは残る。

しかし一日約十六時間ほどの使い方こそ、その当人の生涯を決める要素になる。SNSによって、他人の一日の行動、天気の具合、交通手段の状況、事故の詳細な速報、その人が食べた食事の内容、その多くがでたらめなゴシップ、ある事件に対する意見、など無限に情報は入るが、その多くはなくてもいいもので、ほかにもっと恒久的な知識を取り込む時間をつぶしている。

幼い時から、私は母に時間の使い方をかなり厳しく言われた。遊びは別として、目的の明確でないことにだらだらと時間を使わないようにしなさい、と言われた。その場限りの雑音を排して、本当に自分を育てる知識だけを選ぶという知恵については、人はあまり触れないのが最近の特徴だ。

若者の悪ふざけ報道
――平和ぼけ日本を象徴する騒動

最近、新聞やテレビに不思議な報道が出るようになった。

コンビニの店員が、冷凍ケースの中に入って、Vサインをしている場面をフェイスブックで流したり、今度はピザ屋の店員が、自分の顔にピザを張り付けた写真をツイッター上に流した。張り付けた以上、ピザはまだ焼かれる前だったのだろう、というのが、私の推理である。そしてそんなくだらない若者たちの悪ふざけがニュースになるほど、日本は平和ぼけしている。

一つはこの「殺人的」暑さの中で、「うちの店に来ると、何しろ人間が入るくらいの冷蔵庫があって、涼しくなる飲み物食べ物がいくらでもあるんだよ。僕はそういう夢の店で働いているんだ」とこのお調子乗りの従業員は他愛のない自慢をしたのかもしれない。

ピザの方は、スポーツ応援の時の習慣の延長ののりだったのかもしれない。
「僕はピザなんかいくらでも食べられる店にいるんだ」と言われれば、若者たちは少し羨ましい気もするだろう。彼らは、そんなことしかブログに書くことがない。それでも人間は、自分の生活をみせびらかしたがる。しかしその次に、何が現実に起きるかということを考える知能はない。

冷蔵庫に入った従業員の靴下はそれなりに汚かったであろう。シャツも汗臭く、ものぐさな青年なら、ここ数日髪を洗わなかったかもしれない。そういうバイ菌だらけの人間という動物が、食物の保管庫に入ったのだ。

ピザもそうだ。
「あの若者のニキビだらけの顔に張り付いたピザを、まさかあの後で焼いてうちに届けたんじゃないでしょうね。わあ、いやだ。もうあの店のピザは食べない」と身震いする人もいるだろう。

実を言うと私は平気だ。ピザはその後高熱の釜で焼かれるのだろうから、生地の表面に汗がついたって垢が残っていたって、完全消毒されている。地球上の人間は、自分の眼に見えないだけで、実はかなり不潔なものを食べている。

トイレに入った後で手を洗わない料理人や、蠅だらけのまな板を使う人や、床拭きの雑巾で鍋の内側を拭く人などは、日本以外の土地にはいくらでもいる。私はそういうものを食べて外国では生きていた。熱い料理なら安心だし、人間の強力な胃酸のおかげで大抵の場合病気にならない。食事と一緒にビールをがぶ飲みしなければいいのだ。

世界中、その人のなしたことには一種の穏やかな報復が行われる。店員が不潔なことをしていると評判になれば、客はその店に行かない。謝っても遅いのである。店長は、そうした予測を店員に語ってやらなかったのであろう。

こんな若者の悪ふざけの話より、私たちはエジプトやシリア情勢の方を気にしなければならないはずなのに、日本ではだらけたニュースで毎日が過ぎていく。

偽作曲家騒動
——芸術というものは、毒を含む部分があっていい

被爆二世で全聾《ろう》というふれこみの佐村河内守《さむらごうち》という「作曲家の作品」が、実は他人の作曲であったことが最近の話題になった。ほとんど同じ頃に行われた都知事選挙よりも、話題になった感じがある。

その代表作は、二〇一一年に発売された「交響曲第1番《HIROSHIMA》」で、こうしたジャンルでは珍しく十八万枚を売った。他に「鎮魂のソナタ」は東日本大震災の被災地を歩いて作られたと言われ、「希望のシンフォニー」として絶大な人気をはくした。

しかし佐村河内氏自身は、もしかすると聾者でもなく、氏自身はピアノも初歩程度、

楽譜も書けない、という「事実」が、十八年来の作曲上のゴーストライターであった桐朋学園大学非常勤講師だった新垣《にいがき》隆氏の口から明らかにされた。氏は感情を抑えた口調で、「自分も共犯者です」と語った。詳細な事実は後で明らかになるだろうと思うのだが、ただ私は作家として明らかにしておきたいことはある。

私はこの事件が起きる前に人から贈られて「交響曲第1番《HIROSHIMA》」のCDを聴いていた。ワーグナー、ブルックナーが好きな私としては、この作品は受け入れやすい、いい曲であった。その心理的背後には「最近の音楽」に対する、素人なりの反感もある。不協和音でないと「最近の音楽」ではないと言うに等しい音楽の世界の迎合的な姿勢が嫌だったのだ。

文学の世界にもその手の安易な流行と迎合の兆しが、すでに長い年月なくもない。それを煽《あお》っていたのは、マスコミと批評家ではなかったか。

オリンピックのスケートにこの人の曲を選んだ髙橋大輔氏も選曲を変える気はないと言い、作曲家や指揮者の中にもはじめからこの曲を評価していた人もいた。

改めて言うまでもない。代作を頼むことは、作家にとって基本的信頼を根本から傷つける卑怯な行為だが、作られた作品は、代作だろうが、名義人が詐欺師だろうが、独立して存在する。

芸術家などというものは、もちろん小説家も含めて、世間の倫理感とは別の空間で暮らしている。作家が泥棒や放火犯になってもいいとは言わないが、いささかの悪も愚も許される世界だ。作家は別に人道主義者や善人である必要はない。その作家の名に個人的権威を感じたり、ヒロシマや被災地というだけで感動する受け手の方がおかしい。

私だったら、以後この曲を「アノニマス交響曲第1番」とするだろう。「アノニマス」とは「名を明かさない」という意味だ。そして版権収入の一部を新垣氏と佐村河内氏が記念として受け、残りを贖罪の意味でどこかに寄付する。佐村河内氏にも印税を分けるのは、氏の生活を確保するためでもあるが、この幼稚な嘘に固められた一種の詐欺がなかったなら、この曲は生まれなかったからだ。芸術というものは、この手の毒を含む部分があっていいのである。

東京のデング熱騒動
——公衆のためにわずかな犠牲を払う癖をつける

代々木公園に立ち寄った男女が、デング熱にかかったというニュースが連日取り上げられているが、エボラ出血熱と違ってこの病気は、昔から南方の民間では、大した病気と思われていなかった。

私は医師でもないので、不正確なことを言うのを許してほしいのだが、もう二十〜三十年前のタイなどでは、デングにかかるということは、少し用心しなければならない風邪を引いたくらいにしか、思われていなかった。

もちろんそれで死ぬ人もいたのだろうが、私の付き合うような不真面目な日本人の間では、その患者が男性なら「大事を取って入院し、美人の看護師さんに優しくしてもらい、一週間ほどで退院してくる病気」だとなっていた。

その後、私はシンガポールでよく暮らすようになったが、シンガポールでも、少し患者が増えると新聞種になるくらいだった。それは発生の場所をかなりはっきり明示するためのようだった。「銀座四丁目の××屋と五丁目の○○屋の一区画」というような調子で、新聞には地図まで載る。

南方は蚊が多いと言われているが、私は周囲に木の多い古いマンションに住んでいたのだが、プールサイドで蚊に食われたことは一度もなかった。そこは小さな丘の上の土地で、それだけで高級住宅地だと思われていた。開拓者はユダヤ人だったらしく、ユダヤ風の地名がついていた。

つまりユダヤ人たちは、まだシンガポールが「瘴癘《しょうれい》の地」(その土地の特殊な風土によって感染性の熱病などが起こる土地)と思われていた頃、入植して一番先に選んだ住まいの条件は、一メートルでも高いことによって水はけがよくなり、マラリア蚊の発生を見ない安全性だったのであろう。

景色だとか土地の気品だとかはどうでもいい。何よりも病気で死なない安全性を優先しなければならなかったのだ。

　現代のシンガポールになぜあまり蚊がいないのかというと、私のいた土地のように木の多いところでは、政府が殺虫剤の噴霧を行う。私たちが毎日郵便受けを見ないので警告を知らなかったのかもしれないが、ある日突然、何の予告もなく散布車がやってきて、隣のマンションも見えないほど、煙幕のように殺虫剤を散布する。

　マンションの中には、幼児も喘息持ちのおばあさんもいるだろうに、予告もなしにこの凄まじい薬剤の噴霧は行われる。日本のように、住民の賛同を得て通告してから、などという姿勢は全くない。

　おそらく、それによって少しは、あるいはかなりの不便や苦痛を感じる人もいるはずだ。しかし大多数の安全と健康のためには、少数派は忍耐しろ、犠牲になれ、ということのように見える。一人も不便を被ることなく、社会や国家を運営することはおそらく不可能なのだ。日本人も、公衆のために、少しは耐え、時にはわずかな犠牲を払う癖をつけた方がいいと思う時がある。

「昭和天皇実録」公開
――軽々な断定はできない皇室像

「昭和天皇実録」という膨大な資料が出たことによって、歴史学者や一部の作家は、死ぬに死ねなくなっただろう。多くの人が、百歳以上生きなければ、昭和史の研究をし切れなくなったからだ。

私はそんなことはない。もちろん読破すれば、生涯の前半を過ごした昭和という時代をさらに深く知るわけだから、できれば眼を通して死にたいが、私は実は、伝記というものを読む時に、常に必要以上の用心をしてしまう。

当人の書いたものならいいが、普通人間は、他人のことを、心理の底まで知るわけはないし、その時、その人がどういう行動を取ったかなどということは、十人が現場にいれば、十人が違う証言をすることも珍しくはない。

作家生活を始めてまもなく、私は他人が書いた自分に関する記述ほど、内容も温度も陰影も違うものはない、と思うようになった。他人によって書かれた私は、私の好みと違う発言をしているし、その場でできないようなことをしたことになっている。

その結果、私は次第に人のことは書かないようになった。亡くなった人の追悼文も書かない。どれも当人が見たら必ず、不正確な自分が描かれている、と思うだろうから、悪くて書けないのである。

二〇一四年十月三日号の「週刊朝日」に政治学者の原武史・明治学院大学教授が、昭和天皇が「占領期にカトリックに接近したのは、退位しない代わりにカトリックに改宗する道を探り、戦争責任と米国からの相対的自立という二つの課題にこたえようとしたからではないでしょうか」と書いている。

これほど重大なことを、学者も推測で発言するのだ。

私と同じカトリックの学校に育ち、周囲にカトリックの知己がたくさんおられる美智子皇后が、ご結婚後半世紀以上の日々に、いかに宮中の祭祀《さいし》を大切にしてこられたかを、私は折に触れて伺ったことがある。

厳しい暑さ寒さの中で祭儀が行われた時代もおありと伺ったが、皇后陛下はすべてを天皇家によって受け継がれる国体というものの一つの表象として守り続けてこられたように私は拝察している。

途中でお膝の故障に悩まれた時も、皇后陛下はおみ足の故に賢所のご拝礼の形式を変えようとはなさらず、お痛みに耐え、ご不自由を克服する形で、祭儀の形をお守りになった、と周囲の人は語っている。

皇后陛下は、深く敬愛なさる天皇陛下のお立場と、日本という国家と歴史的国民のあるべき姿に、ご自分のご生涯を完全に捧げられたように、少なくとも私には見える。それが皇室の本質だとすれば、戦争責任を回避するために、カトリックに改宗するなどという政治的発想はあり得ない。しかしこれも、私の推測だ。

もちろん一冊の本は誰がどのように読んでもいいのだが、今後も世間に対して、軽々に断定だけはして欲しくない。

妊娠・出産と仕事
――プロでなければ、一人前の職業人ではない

二〇一三年七月三十日付の読売新聞の社会面に、「妊娠・出産で退職強要」の見出しのもとに、「マタニティー・ハラスメント四人に一人」という事実も知らされた。

この問題は、もうずっと以前から論じられ、あらゆる企業がこれに反対意見を言うことはできないように、意識と言論を封じ込められているようにもみえる。

英語ができなければマタニティー・ハラスメント（妊娠を理由に嫌がらせをうけること）などと言われても理解できない。

私はもうずっと前から、乳児や幼児を持った母親が「以前通り」外で働くことは不可能だとはっきり言ってきた。ことに幼稚園より幼い子供は、一日中べたべたとお母さん

にくっついていたいものだ。夜泣きもする。一日は二十四時間。それを子育てと会社勤めで割って、それぞれ一人前に勤めることなど、できるわけがない。そんなことをすれば、子供も母親も欲求不満になることは眼に見えている。

最低で子供が学校へ上がる前までは、母親は家にいるか、家でできる仕事をするのが自然だ。もう一つの解決法は私がやったように親と同居して、母に子育てを助けてもらうことである。おばあちゃんの性格にもよるだろうが、母に仕事として昼間の育児を少しみてもらい、そのおかげで自分が得た収入は幾分なりとも親にあげることだと私は思う。それで祖母にも職業意識が目覚め、納得ができる。

こういうと、妻が働かないと一家の経済がもたないと反論が来る。子供が小さいうちは、持ち家を買ってローンを組んだりせず、部屋を借りて質素に暮らすことなのだ。そういう貧乏な時期もあるのが人生の楽しさというものだろう。

私は企業の側に立っても考える。妊娠中の女性に対して同僚が嫌がらせを言うなどというのはもってのほかだが、乳幼児を抱えた女性を、私も雇わない。作家の秘書など一流企業から比べたらいい加減で済む仕事だが、それでも子供が熱を出したと言えば、人道上もすぐに家に帰さねばならないような立場の女性を、私の家でさえ働いてもらえない。仕事はそんな生ぬるいものではない。

秘書だけに厳しいのではない。作家の仕事自体、当人が病気だろうが、家族の入院だろうが、仕事はやめられないのである。

ある時、私が講演先で高熱を出した時、同行していた夫は、心配する主催者に「大丈夫ですよ。あいつは三十九度熱があったって講演はしますよ」と言っているのが聞こえた。それがプロというものだ。そしてプロでなければ、一人前の職業人として扱えない。

我が家の歴代の秘書たち三人は、皆結婚して子供を持ったが、結婚と同時にやめてもらい、下の子供が中学生になる頃、全員が復職した。今は三人とも私の家に帰って来て週に数日ずつ働いてくれ、旧知の編集者が何十年ぶりかに現れると、再会を喜び合っている。

体罰の激増
――日本語の表現能力劣る教師が暴力に走る

文部科学省が国公私立の学校を対象に調査を行った結果、平成二十四年度の報告だが、児童生徒などに体罰を加えた教員は六千七百二十一人にも上り、前年度に比べて激増したことがわかったという。八割が公立校で、教師百六十二人が懲戒処分を受けた。学校としては九校に一校の割合で、体罰が行われていたことになる。

児童生徒たちが負った傷としては、打撲が四百七十八人、外傷が二百七人、鼻血が九十三人、鼓膜損傷が六十五人、八割が無傷という。

被害件数が、もっとも多い順を見ると、長崎県の四百五十二件、大分県の三百八十二件、福岡県の二百三十五件がワースト3で、すべて九州であった。人口が多いにもかかわらず、東京はわずか百五十五件。もっとも答え方にも各県に特徴か操作と思えるものが出ているだろう。たとえば肩や頭を少し押したとか軽く叩いたというような行為まで、体罰とみなすかどうかによっても、件数は変わってくると思う。

私など、戦前の方が体罰は激しかったのだろうと思い込んでいたが、それは軍隊の世界だけで、戦前の日本の教育界には、ほとんど体罰という存在はなかったらしい。つまりサーカスの動物ではないのだから、笞《むち》と餌《えさ》で理解させるのではなく、口で言えばわかる人間を作ることが当然の目的とされていたと思われる。

こういう数字で、直ちに「切れやすい教師が増えた」ということはできないのだが、一般に言葉を使って自分の思いを伝えることのできる大人が少なくなったと私は思っている。

まず教師自身が本を読まない。生徒には作文を書かせない。友達づきあいも親との会話も極度に減り、子供はコンピューターとだけ相対して成長する。

子供から見ると、親や他の大人に自分の思いを伝えるチャンスがほとんどないのかもしれない。親が子供と一緒に自家で作った食事をすることも減り、弁当もコンビニで買ってくればいい時代だ。

犯罪事件が起きると、テレビの画面に出てくるのは学校の校長先生ばかりで、子供の親の顔は見えない。特に父親の存在の感じられない家庭が増えたのは驚くばかりだ。父親がいるということは、子供の成長にとって、やはり意味のあることだったのだが。

昔は悲しいことや腹の立つことがあると、子供たちは密かに日記に記したり、相手に腹立ちまぎれの手紙を書いた。だから感情的に書いた手紙は、決してその日に投函せず、翌日も翌々日も読み直してから投函しないと後悔するという知恵を、私は経験として知った。今の子供たちは手紙を書いたこともなければ、封筒の宛名の書き方も知らないという。

言葉によって人間は、自分の心理を吐き出し、対立した相手との関係修復も図った。暴力教師の増えた理由は、教師たち自身に日本語の表現能力がなくなったからだろう、と私は思っている。

新聞、もう一つの役割
――「紙」としての見逃せぬ効用

先日、途上国で長年暮らしてきた「猛者《もさ》」たちが集まって話をしていた時、新聞紙の偉大さが話題に出た。

私の毎朝の楽しみは、朝食が終わってからマッサージ機の上で、五種の新聞を読むことである。そばに立ててある読書灯に小さなノートもぶら下げてあって、新聞を読みながら考えたことを書きつける。五分経ったら、何に感動したか忘れる時があるからだ。

この頃新聞の販売部数が減っているというが、こんなおもしろいものの価値を知らない人がいるとはお気の毒だと思う。しかし猛者たちが語ったのは、知的内容のことと共に、純粋に新聞紙《がみ》が持っている効用についてだった。

少し前のことになるが、非常時に都心で帰宅困難者が出た時、地下鉄などの駅に泊める訓練が行われた。その時主催者側は、寝袋、弁当、水などを配った、と私の見た新聞だかテレビには出ていたような気がしたので、私は「そういう人たちに、寝袋だの弁当だの配る必要はないんですよ。考えが甘過ぎます。ただ屋根の下に寝かせてやるだけでいいんです」と言った。すると猛者の一人が、「世の中に新聞紙というものが減ったから、駅の通路に新聞紙《がみ》を敷いて寝ればいいと思えなくなったんですよ」と的確な答えを与えてくれた。

新聞も偉大だが、読んだ後の新聞紙というものも実に貴重だ。私は自家の畑で採った野菜を包む。これ以上の保存法はない。サハラ砂漠では、洞窟で野営した時、新聞紙を敷いて柔らかさを感じた。

若い人たちとアフリカへ行く時、私は彼らに、外国の飛行機の中で配られる新聞を必ずもらっておくように言う。正直な日本人は読めないから要らないと断る。しかし何語の新聞だっていいのだ。それが新聞紙という文明の先端の利器を受け取る最後の機会になることに気がついていない。

新聞紙は床《ゆか》に寝る時、布団一枚分の働きをする。肌の傍で文明の匂いさえ立ててくれて心が安まる。焚き火をする時には燃しつけになり、ホテルのドアに隙間があってマラリア蚊が侵入するおそれがある時には、新聞紙を詰め物にしてから蚊取り線香を焚く。

私は外国で陶器を買う趣味があるのだが、フランスの骨董屋のマダムは、「信じないでしょうけど、包み紙には新聞紙が最高なのよ。プチプチ紙より安全なの」と言う。

私の知人は自分の行くべき道が決まらなくて悶々としていた若い日に、身過ぎ世過ぎの職業を転々とした。当時トイレは水洗ではなかったから、ペーパー代わりに新聞紙が置いてあるところもあった。その紙面を読むともなく読んでいると、ある大学の学生募集要項が出ていた。結果として彼はその大学に入り、自分の才能と趣味を生かして、今やその世界の重鎮になった。

タブレットで新聞を読むのでは、二次的使用は望めない。新聞はやはり新聞紙で毎日読むものなのだ。

朝日の沖縄戦教材配布（上）

――自分を失わなかった沖縄県人と軍人

二〇一四年十月二十六日付の産経新聞の記事によると、朝日新聞は「今夏、沖縄戦について『日本軍は住民を守らなかったと語りつがれている』などとする中学・高校生向けの教材を作成して学校に配布し」たという。

私はその教材を見ていないのだが、軍というものは、警察と違って、直接市民を守るものではない、と理解している。最近の自衛隊が、災害出動などで市民生活に非常に大きな貢献をしているので「軍は民を守るものでしょう」という概念が定着したのだが、それは本来の軍の目的にはないものであろう。

軍は、大きな意味ではその国を守るために存在するのだろうが、直接市民を守るものではない。私は渡嘉敷島の集団自決を取材中、島民がアメリカの艦砲射撃を恐れて、軍陣地と予定されている地点になだれ込んで来そうになった時のことを、当時の守備隊長から聞いた。その時、この隊長は、軍陣地内には民間人は入れられない、と言っている。なぜなら、陣地は真っ先に敵の攻撃目標になるから、民間人を巻き込んではいけない、ということが常識だったようである。

朝日新聞社編集の教材には、敵の手に渡さないために、母や妹を我が手で殺す他はなかった人の言葉として、「わたしたちは『皇民化教育』や日本軍によって、『洗脳』されていました」

と書いてあるそうだ。

確かにそういう面もある。私も終戦の年、十三歳だったが、米軍が上陸してきたら、捕虜になるより自決するのだ、と漠然と考えていた。その時、もし手元に二発の手榴弾があったら、そのうちの一発は抵抗のあかしとして米軍に向かって投げ、残りの一発は家族の環の中でピンを抜いて自決するのだ、という筋書きを覚悟していた。それが当時の常識だったのだ。

しかし沖縄の心をそう簡単に片づけてはいけない。昭和四十三年、『生贄《いけにえ》の島』という本を書くため沖縄の旧制高等女学校の生徒たちの終戦時の記録を現地調査した時、私は実に人間的だったたくさんの沖縄県人や、自分を失わなかった軍人の言動の資料を得ている。

以下その一部を紹介する。

米軍の砲撃で、座波《ざは》正子の姉と妹は即死し、兄と叔父と祖母は深手を負った。しかし祖母は、静かに身を捩《よじ》りながら正子に言った。

「死んではいけないよ。お前たちは生きられるだけ生き抜いて下され。私たちはお父さんの作って下さったこの壕の中で水入らずで死んで行けるんだからね」

佐久川ツルは、武蔵野音大を出た東風平《こちんだ》恵位先生が、

「君たちは何があっても絶対死んではいかんよ。捕虜になっても生き残りなさい」

と言っていた言葉を忘れなかった。軍人の平川見習士官も仲村渠《なかんだかり》郁子に言った。

「郁ちゃんも絶対に死んではいかん。生きのびて友軍を探し出すのだ」

朝日の沖縄戦教材配布（下）

――人間の奥深さには善玉も悪玉もない

沖縄戦の悲惨な最後の頃にも、生徒を思い、自分も人間も失わなかった人々はいくらでもいたのである。兵隊の中には、自分の身の安全をはかるために、住民が家族用に作った壕を占拠した人が少なからずいたのもほんとうだ。ただし切羽詰まった状況の中では、教師も生徒たちに同じようなことをしている。

師範生の数人は、ある壕の入口で顔見知りの教師の姿を見た。その人は手に石を持ちながら、生徒たちに「あっちへ行け！　ここはお前たちの来るところではない」と怒鳴った。この先生の名前は明かされているが、私は現存の家族のことを考えて明記しなかった。

戦火に追われる中で、女学生の島袋トミと我那覇《がなは》文子は岩陰にいた兵隊に言った。

「兵隊さん、恐れいりますが、いっしょに殺して下さい」

するとこの兵隊は阿檀《あだん》の茂みの中から言った。

「お前たちは、死ぬことはない。何故国頭《くにがみ》へ行かんか」

石垣節子は途中で下士官の襟章をきちんと付けた兵隊に出会った時、言った。

「兵隊さん、もうここで死ななくてはダメですか」

彼は立ち上がって娘たちのところへ来た。

「ばかなことをしてはいかん。手榴弾をおよこし」

彼は娘たちの持っていた二発の手榴弾を取り上げ、代わりに「何かの時に役立つかもしれない」といって、一個の錆びかけた空き缶をくれた。当時はこんなものさえ泥水を飲む時に貴重品であった。

比嘉初枝は死を覚悟していたが、逃げまどう途中で防衛隊にいた父に出会った。初枝は父の胸の中で思うさま泣いたが、その時父は言った。

「死ぜえならんど（死んじゃいかんよ）。アメリカに、かちみらりよ（捕虜になるんだよ)」。これが私の聞いた最高に強い父の言葉だ。

沖縄にいた人々が、全員、朝日新聞の作った教材のように、本土や軍部の言葉に惑わされて娘や息子を死に追いやったのではない。それはあまりにも沖縄の人たちに対して無礼な証言だ。しかしこれが朝日新聞の常套手段だった。沖縄は常に被害者であるが故に正しく、本土は常に沖縄を圧迫する加害者という図式を作る。しかし沖縄にも、本土と同様、立派に自分を失わなかった人と、他者の考えに簡単に踊らされた人とがいたということだ。

朝日は、何はともあれ、かつては日本一の大新聞だった。どんな独自の調査網でも作れた。私が講談社の、たった四人のライターたちと駆け回った以上の現地調査は、もう何十年も前から、いくらでも独自にできたはずなのだ。それなのに、朝日も(他の新聞社も)自分の調査をしないで、他社のニュースを鵜呑みにする。私はそれが日本のジャーナリズムの何よりの衰えと感じられる。

朝日は少しも変わっていない。簡単に善玉と悪玉を作り、そのどちらでもない人間が、同時にそのどちらにもなりうる人間の奥の深さを理解しない。

第四章　人間が人の内面を裁くことはできない

閣僚の靖国参拝
――戦死者追悼は人間として当然

総理や閣僚、国会議員などが、靖国参拝をすることの「人としての当然」を改めて書く。

政治家の中には、無神論者もいるだろう。他宗教の聖地や祈りの場には、一切足を踏み入れないという宗教の信者もいるだろう。そういう人たちは、日本では当然靖国に参らない自由がある。

他方わが国には、すべての死者を悼み、過去に遡《さかのぼ》ってその人々から受け継いできた命の継続の上にこの私があると考え、死者を大事に思うという習慣があり、それは多くの人々に支持されている。

諸外国にもそれと似た習慣がある。だからわが国の総理がアメリカを訪問してアーリントン墓地を訪れて戦死者に花輪を捧げ、それを友好を願う国際礼儀として承認するならば、自国の戦死者を祭る墓所に参るのも当然だろう。その場所が日本では靖国神社なのだ。村を守ってくれる神さまを鎮守さまとして村人が承認するのと同じ心理である。

韓国も、日本の総理や政治家の靖国参拝を非難している。韓国には非常に多くのキリスト教徒がいると聞いているが、その人たちは、聖書を読まないのだろうか。

聖書の「ルカによる福音書」の6章37節には「人を裁くな」と明記されている。旧約の「申命記」1章17節には、「人の顔色をうかがってはならない。裁判は神に属することだからである」という強い表現もある。

靖国には、日本を戦争に導いたとされる軍の指導者や、残虐行為に加担したか少なくとも止めなかったといわれる数千人、数万人の軍人も祭られているだろう。しかしその実情は、戦乱のどさくさに紛れて正確にはわからない。だから聖書は、他者に対する根本的な裁きは神に任せることだとして人間が裁くのを戒めているのである。

靖国に祭られている絶対多数の戦死者は、祖国を守るためにやむなく死んでいった普通の青年たちである。恐らく政治家も多くの国民もその人たちを悼むために靖国に参るのだ。人間として日本では普通の行為である。むしろ靖国に参る人たちほど、残酷な戦争を忌避している。

中国も日本の議員団の靖国参拝を批判した。中国は共産党一党独裁の国で多分魂を信じないのだろうから、戦死者を悼まないのだろう。それはそれで筋が通っているが、私はそういう冷たい国に生まれなくて幸せだったと思う。

二〇一三年四月二十三日の毎日新聞社説は「閣僚参拝は無神経だ」という論説を述べた。まだこの新聞は国際政治の無難な行為だけを望んでいる。

自国民だけでなく、他国民の幸せや平和を守るのは当然だ。しかし今まで国際社会において、自らの哲学と信念を勇気をもって静かに表すことがなかったからこそ、日本が軽視されてきたのを、まだこの新聞はわからないのだろうか。そういう点で諸外国は、実に冷酷なまでに、他国の政治家の人間性と実力を観察しているものなのである。

近隣国の靖国参拝批判
――人間が人の内面を裁くことはできない

この頃、人間が人間の分際や機能を逸脱してきたと思うことが多い。

毎年、必ず起きるのが靖国問題で、閣僚が靖国神社に参るのが、過去の戦争を認めていることになるという近隣諸国の主張があり、今年はアメリカの議会調査局まで、そのような考え方の肩を持つようになったらしい。

私たちが靖国に参るのは、戦争によって再びああいう悲惨な若者たちの死を見たくないからである。私も毎年八月十五日に靖国神社に参拝するが、それは日本人全体が、現実問題として戦後どこの国とも戦わず、思想の弾圧も統制もせず、汚職政治家もごく稀という状態でやってこられました、この状態を続けていきたいと願っております、と亡き人たちに報告しに行くのである。

こういう精神の問題にまで立ち入るのがおかしいのは、人間が他者の心の中を個人的に推測し裁くことになるからだ。

総理といえども一人の人間だ。安倍総理がどのような思いで靖国に参るかを推測して、それを妨害するというのは、思想の自由、個人の尊厳を冒す暴力だ。しかも総理は日本の公正で自由な総選挙によって、国民の総意を得て総理になった。総選挙もなく、党の実力者が政治権力を握るという「現代の帝国主義」的国家の特権階級から出たのではない。

総理が私費で玉串料を払い、内閣総理大臣と署名せずに安倍晋三とだけお書きになったら、その心のうちを誰が取り締まるのだ。考えるだけで滑稽なことだ。

人の心の内面を知り、それを裁くのは神だけだ、と聖書は書いている。靖国に祭られている戦死者の中で、誰がほんとうの罪人かそうでないかを知るのは神だけなのである。それを人間が分類できる、とするのは途方もない思い上がりというものだろう。

アメリカ人は五人のうち四人が、韓国人は約三人に一人がキリスト教徒だと言われているらしい。その人たちが、戦争による死者の中の罪人を分類し、裁き続けるのだという。

今さらでもないが、信仰というものがこの世からますます遠ざかり、人間の自信は日々強大になり、かつての時代のように、人間が自分たちもまたたやすく間違いを犯す存在かもしれないという虞《おそれ》や謙虚さを失ってきた。それも時代の成り行きかもしれないが、私は日本人が国を挙げてこうした思い上がりを犯すようにはなりたくないものだと思う。

しかし日本人も、まともな人間から「離脱する」のが好きな傾向は見せている。この頃、子供でもない大人が、ゆるキャラに群がる。千葉県船橋市の「ご当地キャラクター」として「ふなっしー」なるお化けのようなゆるキャラが現れ、それが「はじける人気」なのだ、という。こんなものを好きだったのは、かつては幼稚な子供だけだったはずだ。

自民党の総裁選
——政治家は新たな希望と可能性を具体的に示すこと

二〇一二年九月、民主党と自民党の党首選の候補が出そろった。その背後の経緯を示す論評も出たが、私は知らないことばかりだ。ただ裏には裏がある式の話を読んでいると、権力の操作に全く興味がない私の性格では、次第にむなしくなってくる。

自民党は、総裁候補の五人が出そろうまでは、今度こそ政権奪還を可能にする好機をとらえているように見えた。何しろ民主党政権の二人の総理が、基地問題で政治をめちゃくちゃに混乱させて国際社会からまでルーピーと言われたり、原発事故の時周囲に当たり散らすばかりで実力のある指揮を執れなかったと言われたり、悪材料には事欠かなかった。当時の野田佳彦総理が任命した大臣のうち六人もが、一言で言えば才能の欠如で続かなかったのだから、総理まで人を見る目がなかったことになる。

野田総理は、「（中国には）厳重抗議をさせていただきました」とテレビで言っていた。抗議は「させていただく」ものでなく「する」ものだ。こういう感覚ではしたたかな相手に対抗できる力はないだろう。

自民党の五人の候補が決まった時、私は何かに似ている、と思ったのだが、数秒間はっきりしなかった。しかしよく考えてみると、これは歌舞伎の襲名披露そっくりなのだ。五人ともすべて二世議員だというから、それぞれ何代目かの襲名披露を、合同結婚式みたいに、成駒屋も高麗屋も成田屋も一緒に行ったようなものだ。出し物は「白浪五人男」のようだった。

絶対に勝てるはずの次回の選挙で、もし自民党が政権奪還のチャンスを失ったなら、それはこの五人組のせいだろう。なぜなら、これだけ襲名披露的カードをそろえてしまうということは、自民党は古い政党だという決定的な印象づけに成功したからだ。そこにはある逼塞《ひっそく》感さえ生まれてくる。政治的な自分の利得を離れて全体像を把握できる人が広い視野に立てば、五人のうち三人は、世襲ではない候補を据えるという簡単な戦略くらい思いついていただろう。

政治家は、国民に新たな希望と可能性を、常に具体的な形で用意していなくてはならない。貧しい家庭に生まれても、経済人として成功することはその一つだ。地盤がなくても、信念と着想で新しい力を生む政治家になれることも別の希望だ。新しい人を常に出そうとするシナリオがなければ、政党自体が古びて生命力のないものになる。

その大局を見据えて、自分は候補者から辞退すると明言する人が一人もいなかった結果が、今回の襲名披露だ。

最近特に、政治的才能のない人が政治家になりたがる。尖閣・竹島の問題にせよ、拉致問題の解決にせよ、的確な方途があるとはとうてい思えない時代に、確信を並べて総理になろうとする勇気か蛮勇に、私としては脱帽しつつドラマを見守るほかはない。

尖閣問題と鳥獣被害
——現場の苦労を放置する政治

二〇一二年十一月三日の産経新聞は、私たちが目撃できないある情景を伝えてくれた。沖縄県尖閣諸島の魚釣島周辺に現れた台湾の巡視船が、日本の海上保安庁の巡視船に向かって放水を続けたのに、海保の巡視船の方は、それまでに台湾の漁船を退去させるのに使っていた放水を、台湾の巡視船に対しては使うことをしなかった。それは次のような理由からだという。「国際法では領海内に侵入した無害通航でない外国船の排除は可能だが、日本の国内法にはそうした規定がない。日本政府は『放水などの実力行使は漁船には認められても、公船には認められない』として、退去要請以外には公船への対処策はないという立場を取っている」からだという。

現在の政治が、いかに選挙がらみの政策にばかり気を取られていて、こういう現場の苦労がなおざりにされているかを示す一つの証拠だ。

私は時々海の側《そば》の畑つきの家で暮らしているのだが、一時期毎夜タヌキが庭先の畑の作物やミカンを食い荒らして困ったことがあった。市役所から罠を借りて仕掛けると毎晩のようにタヌキがかかる。私は野外生活の雑学を習ったとき、タヌキはブタの脂身が大好きだということを知ったので、餌をブタの脂身に換えてみたら、毎日のように罠にかかるようになったのである。捕獲したタヌキは、皮膚病がひどかったが、それは公費で治療してやってまた放すのだと聞いてがっくりした。

当時、わが家の畑を見てくれていたのは、日本生まれで若い時にブラジルに移住した人だった。現在、日本の農地には、タヌキだけではなく、野鳥、イノシシ、カモシカ、サルまで出て手を焼いている所がある、という話をしていたら、彼はこう言ったのだ。

「日本人は、一体何を考えているんでしょうね。鳥でもサルでも、一定の境界線からこちらに出てきたら、鉄砲で撃てばすぐ解決するんですよ。動物にばかり同情して、生活を侵されている農家の人たちは放置するんですかね」

その人の言う通りである。人間と野生動物は、完全に折り合うことはできない。だから山の開発はある程度に抑えて動物にも一定の「領土」を与え、その上で境界線を越えて人里や耕地に出た野生動物は撃つほかない。賢いサルなどはそれがわかると、そのうちに人里には近づかなくなるかもしれない。

ここのところ毎日、自民党が迫るのは、「いつ解散するか」ということばかりである。解散総選挙など、尖閣問題に比べれば家庭内の些事《さじ》だ。それでも自民党はそれだけを言いつのる。デモ隊などに放水で対抗するのは、国際的感覚では常識なのだから、国内法の再整備もせず、海保にひたすら堪忍させるというのは全くの怠りだろう。政治家の目がいつ大局を向くようになるのか、国民はひたすら待つ他はないのだろうか。

マニフェスト選挙
――人間は、誓いを守れない

選挙のたびに「マニフェスト」という聞き慣れない表現が使われて、選挙民を悩ますようになった。この言葉は、「政権公約」の意味で使われているというが、本来は「政策、声明、宣言」の意味である。「政策目標」くらいでいいわけだ。つまり達成できないこともあります、と考えるほうが正しいわけである。私たちは日本人として共通の日本語を持っているのだから、英語など全く知らない老人でも、楽々と理解できるような表現を使うべきだ。

もともと私など、政策を実行する意図はあっても、人間は誓ったことを実行できなくて普通なのだから、果たさないこともありますよ、と解釈する。民主党がいかに多くの

「政権公約」を果たせなかったか、最近の新聞はしきりにその点を書いてくれている。マニフェストがそれだけ信じるに足るものなら、それを果たせなかった現在、普通の人間なら恥ずかしくて、まともに顔を上げて歩けないところだ。結婚したい娘の父親にしていたいくつもの約束を果たしていないのだったら、婚約破棄を言い渡されても致し方ないところだ。

公約を果たせなかった背後にあるいくつかの理由は、確かに東日本大震災のためだったろう。しかしそれなら「『想定外』は認めない」とは言わないことだ。どう実証的に考えてみても、人生で想定外を認めない人にはそもそも哲学がないのだし、思い上がりも甚だしい。怠りの部分は正し、失敗に対しては身を引き締めて出直す態度は誰にとっても必要だが、天変地異というものをすべて人間の予知能力がカバーするなどということはできるものではない。

生物学的な長寿を目指して、日本の医学や厚生行政は、だいたいその目的を達した。しかし自立して身の回りのことができない高齢世代がどんどん増え、彼らがその高齢のゆえにただ楽しく遊んで過ごすか、人に面倒を見てもらえることが権利だなどと考えるようになったら、政治はどうしてそれに対処するのだろう。

こうした問題点まで、今までの政治は考えてこなかった。これも「想定外」の一つの現象である。私たちの世代は間もなく死ぬからいいようなものの、私より若い世代の人たちは、看取《みと》る者のいない老人社会の地獄を見ることになるかもしれない。それはわかっていることなのに、政治家の誰一人として積極的にその問題の解決に乗り出そうとしていない。

政治家は国民より賢くなければならないはずだが、現実はそうでない、ということを国民は見せつけられている。政治家というだけで、志とも知性とも無縁な人だという感覚が定着しつつある。聖書には、「一切誓いを立ててはならない」と書いてある。そもそも人間は、誓いを守れないものなのだが、そうした簡単な現実認識もできない人が平気で政治家になっている。

総選挙の後で
――政治能力のない人を見抜く眼力を養う

二〇一二年十二月十六日の日曜日は、日本国民にとって「ハッピー・サンデー」になった。第四十六回衆議院議員選挙が行われた結果、自民党が大勝したから、ではなく、民主党がやっと政権の場から去っていってくれたからである。「バカがいなくなってほんとうによかった」と手放しで喜ぶ女性が、私の周囲にかなりいたのである。

感情論はできるだけ避けるとして、今回の選挙で日本人は何を見せたか、というと、政治家として能力に欠ける人を見抜く力があったことである。落選した現閣僚八人よりは賢い人物が、日本には少なからずいたということなら、やはり嘉《よみ》すべきことか。

鳩山・菅両氏に始まり、あまりにもレベル以下の愚かな政治家が閣僚として連続して登場したことに、国民はうんざりしていたのだ。野田総理という方を、私はいまでも善良な人物だと思うが、人を見る眼だけは恐ろしくなかったのである。

そもそも、日本人のほとんど全員が、できれば即脱原発でエネルギー問題を解決したいのだ。それが単純にできないことが悩みの種だったのである。

「脱原発」の言葉は、現在何よりインパクトがある。それをうたえば理想的リーダーにもなれ、平和主義者にも見え、票も取れるし金にもなる。当時の日本未来の党が無残な敗れ方をしたのは、代表の嘉田由紀子滋賀県知事の掲げた「卒原発」が安易なポピュリズム（人気迎合）だと見破られていたからだ。皆が望んでいることは常識にすぎず、望んでいることに現実的な方途を示す党や人がリーダーである。もっとも黒岩祐治神奈川県知事は、太陽光パネル二百万戸分を無償で設置すると公約し、当選の翌日、無理だと判断して修正をにおわせ、半年後に撤回した。こういう公然たる詐欺が通る時代だということを考えて、国民も眼力を養う他はない。

小沢一郎氏は、岩手の他の選挙区に、まるっきり素人の宿屋の女将《おかみ》を刺客に立てて送り込んだことも悪評だった。「酒席でおだててその気にさせたんでしょうけど、その時の光景が目に見えるようですよ」と言う人もいる。

今回の選挙で日本人が示したもう一つの性向は「主家が大事」という思想であった。だから驚くほど多くの二世議員の当選を許したのである。中にはほんとうに「習わぬ経」を読んで、幼時から政治の修業をした二世もいるだろう。しかし政治家の職は老舗の「のれん」とは違う。政治家の機能は、最中《もなか》の作り方の秘伝を伝えることではない。亡くなった親や夫の跡を継いで立候補する、というのも、実は不気味なことである。

山田正彦元農水相は在任中、靖国に参拝しない理由として「カトリックだから」と言った。ところが今度の選挙では、必勝祈願で神社に参っている場面がテレビに映った。こういうその場限りの発言をする人物と同じ政治的行動を取る人たちもまた、その人間性を批判されるのである。

参院選が終わって
――言葉の持つ機能の奥深さは人生そのもの

二〇一三年七月、選挙がやっと終わって、これからは公約がいかに実行されるかを、国民全体で見守る時期になった。最近、民主主義の原則が時々破られそうになる。新たな問題が起きると、すぐ住民投票をやって、真意を問いただそうとする風潮である。

全く新規な問題なら別だが、選挙というものの結果は充分に継続して機能を果たしているはずなのだから、改めてお金と人手のかかる民意の正し方を安易に使うべきではない。民主主義は、五十一％の人々の意見にしたがって、四十九％の人たちが次回の選挙まで冷静に堪えることなのだ。その間に、今度こそ自分の信じている社会の方向を他人に知らしめるための合法的な活動をすればいいのである。

学生時代、小説ばかり書いていて、最低の勉強しかせずに大学の英文科を出た私は、何十年後になっても、英語の単語の意味を一つしか知らないままでいたことに愕然とすることがよくある。

その一つが「エクスプロイト（exploit）」という言葉だ。これは最近ではよく「搾取する」という意味で使われることが多い。しかし本来の意味では「（資源などを）開発する」ことでもあり、「（新作などを）宣伝する、売り込む」という場合にも使われている。つまりいいことだけでもなく、悪い意味だけでもなく、よくも悪くもないことも含まれるのである。

言葉というものの持つ機能の奥深さは人生そのものだ。だから漫画だけではなく、文字による本を読むことによって、知らず知らずのうちに、人間の精神の複雑な反応を鍛えられ、自分の個性が当然のことながら他人と違うことの意味も教えられる。人間は、同じ文章を読んでも、決して同じ情景を想像しないという不思議な個性を持っているのである。

以前、私がある方と共著で出した対談集が三刷りになったことがある。ベストセラーとはいかないが、かわいらしいベターセラーで、私は出版社に対してほっとした気分になった。

ちょうどその頃、私は地方に旅行し、駅の建物の中にある便利なホテルに入った。するとそのマネジャーが出てきて、「この度のご本、拝見いたしました」と言う。「まあ、よく気をつけておられるんですね」と私が改めてホテルマンの気遣いに驚いていると、「対談のお相手の○○さまからお電話をいただいて、今度本が出たから買って読んでくださいい、と教えていただきましたので」ということだった。

私は恥ずかしさと怠け者気分との双方で、自分の本を他人に個人的に宣伝したこともなく、自著を本屋さんで買うなどということもしない。しかしこうした積極的な働きも、立派な「エクスプロイト」なのだろうと改めて教えられた。選挙中、立候補者たちが興奮して口にしたさまざまな放言の真の意味を、改めて考えるのもおもしろいし、大切なことだ。

都知事選始まる
——足元の問題を地道に解決する政治力

二〇一四年一月、都知事選挙が始まった。

その中で、即原発廃止かどうかを論点にしている人もいるという。それに付随して、東京は、地方に危険要素の多い原発を作っておいて、自分のところでもっぱらその電気を消費だけしているのは「卑怯だ」とまではいかないにしても、辻褄が合わない。東京都に原発を造れ、というような議論もあった。

私はたまたま、半世紀も前に、近県に小さな農地になるような土地を買ったから、そこで自家用の野菜に限り自給自足に近い暮らしができるが、都会暮らしの人はそうはいかない。人間の生活というものは、皆がお互いに足りない点を支え合って生きるものだ。

山に住む人は、近年でこそ、冷凍食品も自由に手に入るようになったが、昔は淡水魚以外、魚は食卓にのぼりにくかった。海辺の人は、漁業にいそしめば、野菜は買って食べることになる。

絵に描いたように分業が行われるわけではないが、それでも、平和で賢い人間の生活は、お互いが不自由している物を補い合い、その結果、収入を得る道もできるのである。

地方と都会という分け方も荒っぽいが、この際大雑把に言うと、地方は、自然の産物の供給を引き受け、都市は工業生産品の補給を行う。もちろん地方に、機械の部品工場ができることもあるし、これからは町中に水耕のレタス工場ができる場合もあるだろう。しかし大体の職業上の棲み分けというものはごく自然にできるものだ。

さらに計測できにくいのは、都市が文化や芸術などの総合的な知的産物を供給する拠点であるということだ。

小説などどこでも書ける。しかし学問の総合的な集大成や、大規模な実験設備などが要る場所は、特定される。

各々が、その資質を生かして、そこで独特の力を発揮するのだ。だから発電が地方で行われる傾向がある場合は多いし、地球の温暖化を防ぐために有効な林業は、都市では成り立たない。電力を多量に使う都市に発電所をおけ、という理論はきわめて小児的なものだろう。

私は東京の下町に生まれた。だから都政には、中央政府と違って足元の問題を地道に解決してくれる人を望んでいる。

私の生まれた土地の近くは家屋が稠密《ちゅうみつ》していて、一度大地震になって火災が発生すると多くの人が焼死する危険もあると言われている。都知事には差し当たり、災害時にそういう町に住む人々を、必ず生かすための政治力を発揮してもらわねばならない。

昔の戦争中の強制疎開みたいに、大鉈《なた》を振るって区画整理を行い家を立ち退かせ、幅の広い防災道路を作るのが喫緊《きっきん》の課題だ。いささか古びてきたご老体東京の、高速道路や橋やトンネルや上下水道などのいわゆる動脈の若返りにお金を注いでこそ、東京がオリンピック開催にふさわしい堅実な先端都市になるだろう。

東京五輪の会場変更
――何もかも平等などという現実はこの世にない

二〇二〇年の東京五輪で、主に水上の競技であるカヌー、ボート、セーリングなどの会場の計画が見直されているというので、国際オリンピック委員会（ＩＯＣ）の委員たちから日本は嘘つきだと批判されていると新聞は報じた。東京都は競技会場を「五輪の遺産」として残すために千五百三十八億円を予算として見込んでいた。ところが建設費が二〜三倍に高騰しているので、都知事は会場の移転などを考えているという。

私はこのニュースを聞いた時、東京都の会場計画の変更を評価した。何しろお役人というのは倹約ということを知らない不思議な人種だ、という印象が私の中にあったからだ。

どの家だって予算が足りなくなれば、家の新築を諦めたり、日々の食事を質素なものにしたりするのが普通だが、お役所で生きてきた人たちにはそういう発想が全くない。要るだけ要る、という人たちだ。その点、東京都の職員は、足りなくなりそうだから安上がりにしたいと変更を考えただけ常識的である。

もっともＩＯＣや競技団体にも怒る理由はある。都側が予算の段階で、できもしない大風呂敷を広げたように見えたからだろう。「僕と結婚してくれれば、二百坪の豪邸を建ててあげる」と言った詐欺師のようなものだ。日本は世界的なレベルではかなりの金持ち国だから、その手の杜撰《ずさん》な予算がまかり通ったのだろう。

私が今年一都民として払う住民税の額を税理士さんに調べてもらったら、七百三十二万円だという。私の老後の社会的な第一の仕事は、税金を払うことに充てられる、のはかまわないが、大雑把なお金を誰かが払うだろう、という感覚で使われてはたまらない。

日本の高速道路のトイレの設備は確かに誇るべきものだが、世界中からやってくる観光客の中には、もしかすると、水洗トイレの流し方さえ知らない人が来るかもしれない。そういう人たちに温水洗浄器付きのトイレなど必要ない。慣れない設備をすると壊すだけだろう、と私は内心悪態をつきながら、一方であの設備こそ、日本が世界に誇る日常生活品の第一のものだから、オリンピックを機に、世界中にあの設備の存在を広めて、自動車と同様に最強の輸出品目にしたいとも思う。

オリンピックの「おもてなし」は度を過ぎてはいけない。温水洗浄器を付けるなら「上等席」の洗面所だけでいい。何もかも平等などという現実はこの世にはないのだ。

人は働きに応じて金を出し、その結果、格差が生じて当然なのだ。格差があるからこそ、人間は働いていい生活をしようと思い、ケチの好きな人は、どんなに金をためても少し我慢すれば金を出さなくて済む、という自然の成り行きを楽しむことができる。

文部科学省は二〇二〇年までに、英語で道くらいは教えられる中高生を何十万人も作ろうとしていると言うが、それも多分甘い計算だろう。

女性二閣僚の辞任

――政治家は絶えず、予期せぬことに備えること

安倍内閣の希望の星だったような女性閣僚お二人が流れ星になった。しかし日本国民にとっては、大変有効な教育材料だった。

まず政治が、一千万円以上もかかる有権者のご機嫌伺いをしなければならないような旧態依然の感覚で行われているということを、現実に見せてもらえたからだ。よく取材をして小説を書く作家でも、これほど具体的な風俗小説はなかなか書けない。

お一人は自分の似顔絵入りのウチワを配ったことが生命《いのち》とりになった。正直に言うと、私はウチワに関しては寛大だ。私が今うちで便利をして使っているウチワはすべてどこかからもらったものだからだ。花火の日とか、催しものとかに主催者がただでくれるも

のを、うちでは大切にとっておく。私が行くアフリカの国々は電気のない土地が多いから、夜寝る前には、ウチワであおぎながら眠る他はないのだ。だからウチワは私の大切な旅行用具の一つで、すべてもらいものだ。どこがくれたものかも覚えていない。「誰か、政治家の名前があったわよね」という程度で、そのうちに丈夫なはずのウチワも壊れる。

小渕代議士の父君は、有徳の方だった。何より優しい。しかし娘の小渕氏は、総理の器どころか、政治家にもあまり向いていない。今までの発言を、私は注意して見ていたのだが、彼女独特の明快で強度のある表現は全くなかった。つまり素質的に、最初から総理の器などではない。それを見抜けなかったか、知っていても、人気取りの人事をおこなった安倍総理と、話題をあおったマスコミは、共に人を見る眼がなかったことになる。

政治家は絶えず、予期せぬことに備えていなければならない。お金の疑惑を受けることなど、その中ではもっとも簡単にあり得るできごとだ。だからそれに備え、常に経済的・心理的な武装をすることのできない人は、災難を想定して危機管理をしなければならない指揮官としての初歩の才能にも欠けている。

　そもそも、政治家の子供が政治家になる、という常識がおかしい。作家の子供が、物書きになるなどという例はごく少ない。物書き以外で、その人の才能に合ったことをするのが、社会に対する礼節でもあり、当人の幸福でもある。

　有権者の方も今回のことで、深く学ぶべきだ。地域を大切にし、お友だちを作るのはいいことだが、なんで小渕氏の事務所の音頭で、何千人もがバスを連ねて、演歌を聴きに行かねばならないのか。少しでも、政治家の先生たちの恩恵で、バス代を浮かせたり、上等のお弁当にありついたりする得をしようというさもしい根性はなかったのか。演歌の愛好家たちは、あくまで自主的に計画し、まともな値段を払い、楽しむのが筋道だろう。うまい話には乗らない、権威めいた存在には寄りつかないのが、年寄りが詐欺に騙されない第一歩でもある。

　政治家にならなくても、このお二人は美人ですてきな女性たちだ。政治以外のことなら、ほとんどどんな分野でも、才能を発揮されるだろう。

第五章　人間は、命の犠牲の上に生きている

シンガポールで考えたこと
――一つの土地で長く暮らしてこその愛着

日本を一歩離れてみると、不思議によく見えてくるものがある。若い時から南方が好きで、二十年間シンガポールの古いマンションによく行って暮らしていたが、今でも時々日本の暑い夏を避けて――というと人は信じないのだが――一週間から十日くらいを過ごすことにしている。

この夏休みに向こうに着くと、ラマダンと呼ばれる断食の期間が始まった頃だった。イスラム教徒たちは一カ月間、日の出から日没まで、一切の飲食をしないのだ。つまり朝七時から夕方七時まで、日本よりは涼しいとはいうものの、三十度を優に超える熱帯の日ざしの下で、食事はもちろん水分も取らない。老人、子供、病人は免除されるというが、建築土木の現場では、直射日光の下で働いている人もいる。それでも熱中症で死んだという人のニュースは出ない。土地に住んでいる日本人に聞くと、「そういえばそういう人がいた、という話も聞きませんね」という。

夕方七時を待ちかねて彼らはお腹いっぱい食べる。食事の始めはナツメヤシの実。それから朝日の出の前にまた充分に飲み食いすれば、植木鉢の植物と同じで、一日は枯れもせずに保つということか。

イスラム教徒たちのDNAが長い年月にそうなったのか、それとも暮らし方が身を守るこつを教えたのか、日本のテレビのように「熱中症に気をつけて」などと言わなくても、目立った被害は出ない。日本人は何事につけても過保護で弱くなったのだろうか。

そして、オリンピックが始まった。ホテルのテレビに入る日本語放送はNHKのみ。CNN、BBC、それに地元のテレビ局でオリンピックを見る。

日本の放送は、選手の生い立ちや涙ぐましい努力の話が好きだ。しかし外国のテレビは違う。ニュースの中心はあくまでシリア情勢であり、オリンピック関連では、どうして初日から多くの会場で全く観客のいない席が出たかという社会問題である。小さい国だから競技に出場する選手の数も多くないせいか、シンガポールではオリンピックに関する熱意はさして高くない。

私がたまたま中継を見たその直後に会った人に、「シンガポールがバドミントンで勝ったわよ」と教えてあげても、「そう？　中国から仮に移籍してきた選手じゃないの？そういう人がけっこういるのよ」と冷たい。

そこで私は改めて大きな真実を教えられる。いかに合法的にゼッケンでその国の国籍をうたっても、この土地で長い年月育った人にしか国民は愛着を感じられないということだ。オリンピックが商業的なスポーツの祭典でないゆえんである。

私はシリアの内戦とユーロ問題の方が気にかかる。二〇〇三年、イラク侵攻の直前、ダマスカスの骨董屋の主人は、戦争は近いと見たのだろうか、ここにある皿を全部、安くするから買ってくれ、と私に言った。今、彼は何をしているだろうか。

弓矢での部族抗争
——先進国介入なしで収める知恵

二〇一二年六月二十一日付のシンガポールの新聞を見ていたら、インドネシアのミミカという土地からのニュースとして、反抗的だといわれるパプア州で、部族抗争が再燃したと報じている。

インドネシアには一万三千以上の島があり、「無数の地方語がある」という。そういう国を一つの国家として治める方法もイメージも私にはないが、そこで起きた部族抗争の実情を示す報道写真は能弁だ。

彼らはまだ弓矢で闘っている。衣服は、渋谷駅近辺をうろついている若者とあまり違わない。多くはしま模様の短パンで、上半身は、Tシャツ、ランニング、あるいは裸だが、足元はほとんどが裸足で、たまにランニング・シューズをはいているのがいる程度だ。細いヘアバンドでちりちりの髪をまとめ、弓矢も別にオリンピック用のものではない。森で取れる自然の素材で手作りしたものだろう。

闘いの最初の朝にまず一人が殺され、その後怪我人の数は四人にのぼった。ハラパン村とアモーレ村との抗争だという。原因は一応今日的だ。六月六日にハラパンの村民の一人が交通事故で死亡し、その犯人がアモーレ村の人だと推定されたからである。しかし交通事故と言っても必ずしも自動車の衝突とはかぎらない。自動車が牛車につっかけて牛を殺し、それがけんかの理由だったのかもしれない。

どうしてこんな田舎の話が伝わったかというとアモーレ村のウェブサイトからの報道だとフランス通信は伝えている。アフリカでもアジアでも、田舎にはインターネットカフェが発達していて、私などとっくに文明との通信不可能地域だと思い込んでいる土地でも、誰かが東京のニュースを知っていたりする。

このミミカ地方では、大きな部族同士が隣り合って居住しており、こうした殺し合いも通常、伝統的に賠償か、村の伝統的なお祭りで収まっていたと記事は書いている。とにかく五人の死傷者のほか、四台の警察車に火がつけられたが、弓矢の闘いなら、その程度で収まるのである。

しかしシリア情勢は悲惨な数万の難民を生み、毎日のように数十人の死者を出している。電気も水道も止まっており、学校もスーパーも病院も機能せず、子供たちの食べ物もおもちゃもないような土地に、アメリカなどの先進国は武器だけはたくさん供給した。石油利権、ユダヤ問題、ロシアや中国との駆け引きなど、背後に存在していると思われる理由についてはさんざん聞いた。シリアでは誰が反政府か、ＣＩＡもつかめないという。悲惨な漫画だ。

アメリカも国連も、中近東やアフリカから手を引いて、彼ら風の抗争解決の方法に任せるべきなのだ。そうすれば、人的被害は彼らが納得する範囲の少数で済む。アメリカに今できることは、孤立している難民キャンプに、食料や薬を空中投下することくらいだろう。

シンガポールの土地政策
——国土確保の努力が足りない日本

尖閣・竹島の領土問題の対立が現実化している時に、日本の対応が遅れていると思われるのは、外国人の土地所有制限である。

私の家族は一九九〇年にシンガポールに古いマンションを買って時々そこで暮らすことにした。遊びで行くのではなく、東京と同じ暮らしをしながら、ただ日に一回町へ出て、東南アジアに関する雑学を学んだ。

もちろん一軒家を買う気持ちもお金もなかったが、シンガポールでは、外国人は土地は買えない。私たちは年に何回もこのマンションに滞在して、約二十年を過ごし、私の体力がなくなって、余分な家の管理が嫌になった時に、早々に売却した。

不動産を売るのは大変だろう、と覚悟していたが、中国人が外国に不動産を買いあさっているという噂の時期に入っていたので、マンションは意外なほど簡単に売れた。

今、日本領の尖閣・竹島について、中国・韓国・台湾などが、領有権を主張し始めたが、次に危ないのは沖縄だろう。沖縄は東京などと比べれば地価が安いから、途方もないお金持ちがいるという中国人のチャイナ・マネーで、簡単に合法的に土地を買い占められる。小さな島でも買われたら後が大変だ。日本は個人の所有地を国が買い上げて領有権を主張したのだから、こちらも同じ手でやるぞ、と出てきたらどうするのだろう。日本は一日も早く、外国人は上物だけで土地は所有できない規則を作らねばならない。今まで、自民党も民主党も、いったいこういう問題を、何と甘く見過ごしてきたのだろう。

戦後の日本は、個人の権利を重視し過ぎてきた。だから戦災で焼けた後も、都市計画さえまともにできなかった。

シンガポールの整然とした都市の機能性とたたずまいは、政府が個人にある程度の圧力をかけることを承認しているからできるのである。ただで取り上げるのではないが、国民は自分が住んでいる土地、ひいては国家の繁栄のために、時にはいささかの不便と損も受け入れなければやっていけない場合がある。

国民の側にも責任がある。国家からはしてもらうだけで、個人的不都合は承認しない、それが人権だ、と教えられてきたからだ。それでは国家の安全も保てない。

日本に起こるであろう「悪いこと」だけを予想して、国家危機問題専門委員会のような組織が活動すべきだろう。それなのに政治家たちは「安心して暮らせる」生活ばかり約束してきたし、平和ぼけしたテレビのアナウンサーたちも二言目には「安心して暮らせる」という言葉を乱発して平気だ。つい先年、東日本大震災に遭った被災者たちまで「もう一度安心して」暮らすことを要求する。

長い間の自民党政権も、今回の民主党政権も、一体国土の確保のために何をしてきたのか、改めて考えてもらいたい。

タンカー中東の旅

――俗悪な政治宣伝を行う国々

二〇〇四年に私は、シンガポールからカタールまで、液化天然ガス（ＬＮＧ）を運ぶ十万トンのタンカーに乗せてもらった。この船は、カタールのラスラファンという木一本もない乾ききった灼熱《しゃくねつ》の港で、マイナス一六一・五度に冷やした庫内に液化ガスを詰め込むと、すぐ日本に向けて出航する。約十五日間をひた走って日本のどこかの港で積み荷をおろすと、またすぐにカタールに向けて出航する。それを年中休まずに続けている人たちが今、火力発電所を支えているのである。

私はこの船のことを「ゴジラの卵船」と呼んでいた。液化ガスを入れるタンクは直径約三十七メートルの球形の保冷庫なのだから、遠くから見るとゴジラの卵を乗せているように見えるのである。

シンガポールを出るとすぐマラッカ・シンガポール海峡で、そこは海賊の出る海域であった。船は厳重に船内から施錠し、たえず船尾に向かって高圧放水をし続けている。私も見張りに立ったが、実に働く人に無礼な、態度の悪い内容をその日の日記に書きつけている。

「海賊の出ない見張りというものには深い退屈という苦痛がある。エンジンは煩《うるさ》い。煙突の煤《すす》は降ってくる。空気は思うさま湿気《しけ》ている。どの入口もがっちりと中から金属板を複数のボルトで留めており、私たちも船内に入る時にはさんざん階段を上がり下りして特定の入口しか使えない。海賊は船の構造を知らないからもっと大変であろう。合わない仕事である」

マラッカ・シンガポール海峡を抜け、ホルムズ海峡を通過して湾内に入ったところが「ペルシャ湾」であり、単に「ガルフ」または「湾岸」と呼ばれる土地でもある。

湾岸に入ると、いくつか印象的なことがあった。積み荷をまったく積んでいない高速艇が、五隻ずつ隊を組んで、オマーンの飛び地の突出した岬から、対岸のイランに向かって本船の直前を横切った。どんな鶏や野菜を積んでも合う船の能力ではない。その性能に合う積み荷としたら、麻薬か武器だろう。

もう一つ、そのあたりから局名もわからないアラビア語のテレビ局が映りだしたことだ。白黒の画面でおもしろくないが、一つだけ私にもよくわかる画面があった。それは銃を構えたアメリカ兵の姿が、数秒たつとにゅるにゅるとお化けのごとき変化《へんげ》となり、最後には悪魔の姿になる。この宣伝が十五分に一度くらいの割合で、アラビア語のメッセージとともに流されているのである。

これなら言葉のわからない私にも、アメリカは悪魔なのだというメッセージが伝わる。これを繰り返して行えば、ある国の悪い印象を子供にでも植え付けることは容易だ。

ここまで俗悪な宣伝をせよというのではない。しかしわが国はこの手の宣伝が日本に関して行われているらしいことにも全く手を打たずにいるようだ。

サハラ縦断の思い出
――人間の肉体が一粒の砂に帰するところ

十人の日揮の日本人社員らが犠牲になったアルジェリアの南東部に、私は行ったことがないのだが、たやすく想像はできる。もう三十年も前の話だが、私はサハラをラリーではなく縦断したからだ。

二台の国産の四輪駆動車で、アルジェリアの南部のレガンヌの村からサハラ砂漠に入る時、私は話に聞いたことのある「入水して死ぬ」人を思い出していた。自殺しようとして海に入っていく人と同じに、自動車は舗装道路を突如として離れると、ずぶずぶと砂漠の海に入っていったのだ。

そこから千四百八十キロ、人一人住んでいず、水一滴ない砂漠である。私たちは、道など全くない砂の海を南下して、マリのガオという町に到達したのだが、それとほとんど同じほどの距離をほぼ東にとれば、今度の事件の現場になったイナメナスに到達するはずである。

地図上の国境ほど、サハラでは意味のないものはない。サハラは「そこを自己責任において行く人間なら誰でも通ったがいいさ」という顔をする。国境には、それを示すいかなる構造物も標識もないのだから、マリ領に入ってたっぷり百キロほど離れたテサリットという村で、私たちは初めてマリ側の入国管理官によって入国手続きをしたのだ。

何もない空漠たる土地が砂漠だと、私たちは思いがちである。しかし砂漠とは「空っぽ」の状態を示す空間ではなく、むしろ打ち捨てられたというべき場所だ。それは人間が決して足を踏み入れたことのない荒涼たる広がりではなく、むしろ人間が今まで始祖となることができなかった世界なのだ、という記録を読んだこともある。

一九八三年、サハラを脱《ぬ》けた後で、私は自著『砂漠・この神の土地』の最後に書いている。

「一度あの厳しい砂漠の静寂に包まれ、半円の天空に散らばった星座が、ただ、自分のためだけに、壮麗な天蓋《てんがい》を自分の頭上にかかげてくれている、と感じた者は、もう二度とまともな感覚には戻れない、ということだ。そういう人々は、たとえ都会の喧噪の只《ただ》中《なか》で、人間の規約に従順に従っているように見えても、心のどこかで、逃げて行く場所を知ってしまっている。それは、その人にとってたった一人の場所、一人で生きて行く場所、一人で死んで行く場所なのだ。それは、神の声に満ち、人々の魂の永遠の合唱の聞こえるところであり、人間の肉体が一粒の砂に音もなく帰するところである。それは、この上なく透明な月光に照らされながら、この地上から永遠へと繋がっていて、もはや、その繋ぎ目も明らかではないという場所である。

私はその壮大な明晰と不透明を、ともに愛した。人間が乾いたまま受諾されることと拒絶されることをともに味わった。もうそれで言うことはない」

彼らが眺めた砂漠の聖なる静寂と、異様な壮麗とは、そのようなものだったはずだ。

サハラで見た光景
――貧困の極から運命の不平等を知る

再度サハラ以南の混迷について触れたい。

考えてみればサハラ砂漠は人を寄せ付けないがゆえに人間の相克もない健全な空間であった。サハラを南に脱けるとマリとニジェールという国になるが、砂漠では着替えも入浴も欲しなかった私が突然の湿度にうたれて、急に水浴や着替えを欲するようになったのである。

しかしその土地にある人々の暮らしは、惨めなものであった。道は未舗装であるだけでなく凹凸だらけで、場所によっては車は時速三十キロも出せない。こうした悪路を放置すれば外国の軍事的な勢力の侵入さえも防げるのではないか、と私たちは冗談を言い合った。

私たちはできるだけ人里離れた所に車を止めて、持参の食糧で食事をしたのだが、まだ缶詰を開け始めないうちに、遠くから砂煙をあげて走ってくる主に子供たちの姿が見える。彼らは私たちを取り囲み、もうほとんど汁気も残っていない缶詰や、逆さにしても垂れる液もないようなジュースの缶を待っていたように拾う。私たちはそれを知ってわざと食べ残しや飲み残しをするようになったのだが、こういう食事は消化に悪いらしく皆、言葉少なになった。

子供を抱いた母親は何度も繰り返し手を口にあてて、何か食べるものをくれとねだるのである。その母と子の口には追っても追ってもスイカの種をまいたようなハエが無数にたかっている。

人々が医療の恩恵を受けていないのは明らかであった。ソーセージのようなものをお臍《へそ》からぶらさげた子供は、明らかに臍《さい》ヘルニアと思われた。

一人の男の子は爪の際が腫れ上がった指を見せて、私たちに薬をくれと言った。たぶん瘭疽《ひょうそ》なのだろう。爪の化膿は実に痛いだろう。しかし私たちは簡単な消毒薬を持っているだけで、彼の痛みを根本から取れる薬を持ち合わさない。地球上に、痛みを止めてもらうということさえできない人々が、まだ何十億と放置されていることを、私はその時以来忘れたことがない。

テレビに映ったのは、私たちも泊まったガオの近くの、フランス軍が駐留している町の光景らしいが、それは貧困と無統制の極を示していた。道は泥濘《でいねい》、路肩も歩道もない。そこに破壊された自動車が放置され、道にはあらゆるものの破片、ゴミ、屑が散らかっていた。

そこを裸足の子供が歩いている。学校に行くような状況ではないのだろう。できれば誰からでも乞食をし、ものを拾い、奪い、泥まみれの食物を口にし、体も衣類もろくろく洗わず、雨に濡れて寝る子供も珍しくないだろう。

私たちの暮らしはこうした人々と比べて、どれほどの贅沢かということだ。どうも人の運命というものは、その人の心がけとも関係なく全く平等でも公平でもないもののようであった。

ジブチ訪問
――厳しい自然にさらされても人間は生きる

二〇一三年六月中旬、ジブチの空港に降り立った時、気温は摂氏五十七度だった。私が推測で言っているのではない。ジブチに駐留する自衛隊が取った記録である。別にその日だけが、記録的に暑かったわけではないだろう。紅海沿岸、ペルシャ湾岸に沿った土地では、しばしばそういう気温になる。

レバノンには、「七月の初めには、水が水差しの中で沸騰する」という表現がある。もちろん昨今は、どんな土地でも、町に住む少し裕福な人たちは冷房の中にいる。しかし昔ながらの生活を強いられている貧しい人たちは、水さえも十分に供給されないまま、毎日六十度近くまで上がる気温の中で生きるのである。

ジブチから二時間あまり車で走ると、塩湖が出現する。要するに乾いて干上がって塩の塊が浮いた水面である。皮肉なことに遠くから見ると、雪がつもったようである。写真は、「真」実の現世の温度を「写」さない。そんな土地にも遊牧民は住んでいる。

粗末な掘っ立て小屋が並んだ村の道には、プラスチック製のかなり大きな水瓶が道路沿いに並んでいる。政府が給水をしているのだろうが、それでもその量はおそらく数人の家族が煮炊きをするのがやっとだ。五十度六十度の気温の中で暮らしながら、水浴もできない。そんなところでも人は生きている。

ほんとうの遊牧民は、「一握りのナツメヤシの実と、一杯の水と、三時間の睡眠とで満足することを知らねばならない」という言葉もある。彼らが現在もそのような生き方をしているかどうか私にはわからないが、少なくともその言葉を思わせる厳しい自然が眼前にあった。

私たちは「今年はどんなに暑くなっても、このジブチの気温を体験すれば平気ですね」などと言いあった。

どんな暑い土地でも、人は日陰に身を潜めてじっとしていれば生きられる。食べることも、喋ることも、性行為も多分可能だ。しかし続けて労働をしたり、長く歩いたりはできない。何よりそういう自然温度の中では、思考するという機能が、私の場合は、はっきりと停止する。つまり架空の現実を想定してそれに備えたり、時間的に過去や未来に遡《さかのぼ》り飛躍して思考することは不可能になる。

私たちの社会に電力が不足すると、直接的な人命の危険や経済的損失以外にもこういう社会的機能は停滞するだろう。しかし人間が生きていられることだけは確かだ。

昔インドのライ病院にいた時、気温は毎日四十度を超した。もちろん冷房などない暮らしだったから、どっぷりとぬらしてどうやら水が垂れない程度に絞ったバスタオルを、Tシャツの上から羽織ると、乾くまでの二、三時間少し涼しいことを教えられた。日本でも多分使える方法だ。

と知りながら、数日の猛暑で、早くも私の耐暑に対する自信は揺らぎ始めている。

南スーダンから来た便り
——人間の破壊的情熱は一切の理性を失わせる

二〇一三年末、クリスマスを数日過ぎてから、私は南スーダンで働いているカトリックの修道女、下崎優子さんからのクリスマスカードを受け取った。日本の切手が貼ってあるところをみると、だれか南スーダンに行った人にこのカードを託して、その人が日本から投函してくれたものらしい。

その年の六月に、私はシスターの住む首都ジュバを訪ね、その修道院に三晩ほど泊めてもらったのである。

今回は東部の治安情勢悪化で、私はもちろんシスターの安全を真っ先に心配して「早く逃げていらっしゃい」と言いそうにもなったのだが、いつも踏みとどまるのがシスターたちである。彼女と一緒に住む二人の韓国人と一人の日系ブラジル人修道女も、逃げ出してはいないだろう。シスターたちとは別の意味で、ジュバに駐留している自衛隊員のことも私は気になる。今は乾期に向かうところだが、暑いはずだから、南スーダン名物のマラリアに罹《かか》らないように、とも祈りたくなる。

そのクリスマスカードの中に、アフリカの香りを漂わせている一節があった。

クリスマスになると、普段シスターたちと付き合いのあるイスラム教徒の人たちが「クリスマスおめでとう」と言ってくれる。

「あなたたちにとって大切な日でしょう」

というのがその理由だそうだ。だからシスターたちもイスラム教徒の大断食の後のお祭りの日には「おめでとう」のメッセージを送る。その人にとって幸福なことを、こちらも望むのは当然なのだ。

簡単なことのはずであった。私たちはお酒好きの知人がくれば、お酒を用意して待つ。そして「うまい酒だ」と言ってくれれば「よかった！」と思う。相手の幸福を自分の幸福と思うことは、そんなにむずかしいことではない。それは相手に対する尊敬からも発している、とシスターは言う。しかし現実はなかなかこの通りに行かない。しばしば交通の不便なアフリカでは、病気も内乱も遠隔地まで伝わらない。道がないおかげだ、と私は皮肉に思う時がある。道がなくて人の往来がなければ、感染症と言われる病気も広がらないのは事実である。それが指導者たちの政治的関係にまで拡大すると、この憎悪は簡単に波及する。破壊的度合いも大きくなる。

庶民の段階では、そこに住む人々は宗教が違ってもシスターとその知人たちのように仲良くやれるのに、一度この均衡が破れると、どうして残忍な事件に発展するのか人間の心は不思議である。

個人の関係の範囲にならば、こうした理性的な賢い人々が、どんな田舎にも街角にもいるのだ。しかし一度、人間の破壊的情熱が沸騰点に達すると、一切の理性が失われる例を、私たちは過去に見すぎてきた。油断はならない。しかしシスターたちの姿を見ると、私はまだ信頼の側に賭け続けていたくなる。

労働移民

——継承すべき日本人独特の職人的厳密性

ほんの一週間、ドイツのバーデンバーデンにベルリン・フィルハーモニー管弦楽団の演奏を聴きに行ってきて、音楽の才能のない私は、他のことの方を多く学んで帰ってきたような気がする。

中国や韓国が何と言おうが、ドイツと日本は世界で数少ない「職人国家」として生きる道を選んできた。戦争をしていたら職人は生きられないのだから、軍費に金などかけていられないのである。

アフリカばかり行っていてヨーロッパを知らない私は、今まで一つの町にゆっくり数日間滞在することもなかった。今回泊まったのは、大昔の修道院を改築して作ったその町のホテルを、近年また別の資本が買い取ってチェーン店にしたらしいAクラスのホテルなのだが、その経営の実態を見るとがたがたである。

部屋にはデスク脇と浴室に一つずつ屑籠があるが、或る日からはデスク脇にあるべき屑籠が消えている。浴室の流しの栓は壊れかけたままでうまく摘めないが直す気配はない。シャワーヘッドからは、どうしても水滴が漏れ続けるので、その音が気になって眠れないという同行者もいた。

食堂では、ナプキンに口紅の跡が残ったままだった。パン籠とバターは運ばれて来たが、取り皿もバターナイフもないからお預けを食った犬の気持ちをしばらく味わうことにした。ステーキを頼むと、再びナイフ・フォークが来ていなかった。丁寧に頼むとその度に悪気のない表情で詫び、すぐに持って来てくれるからそれでいいのである。しかしドイツが職人気質の正確さを持っていたとしたら、その特徴は崩れかけているような気がした。

ホテルはドイツにあっても、そこで働く多くの人たちが東欧からの移民だから、という人もいる。こうした考えを人種差別だという人もいるが、私に言わせると、人種ではなく長年の社会主義がそういう怠け根性を育てたのである。

まだベルリンの壁があった頃、日本人は自由にその壁を行き来できたのだが、壁の両側の生活の姿には明らかな違いがあった。東側の国々に住む人たちの家の窓辺には、鉢植の花もなく、道路の敷石の間に生えた雑草を取る人もなかった。それが素人目にも見える社会主義の光景だった。だから私は社会主義を意欲のない「怠け者」社会だと感じ続けてきた。

日本は今後、自国のためにも近隣諸国のためにも、労働移民を人道的な体制の下に受け入れる方向に行かざるを得ないだろうが、日本人独特の職人的厳密性を、彼らに教えることをためらう必要はない。むしろ労働移民に対して、優しさを失わずに労働の質の厳しさを要求し続けることが大切だ。

日本人と同等の質の労働を提供しない労働者は帰国させる就業条件を作って受け入れることも可能だろうし、同時に何国人であろうと、均等に働き者を重用する道を開けば、日本人にとってもいい刺激になる。

共生のむずかしさ
——人間は、命の犠牲の上に生きている

ある年、私は冬のアラスカにいた。オーロラを見るためであった。オーロラの観測は北緯六十五度の近辺で、それより北に大都市の灯がない場所が適しているという。

私はそこで、昼間、観光客に、十分間くらいずつ犬橇の体験をさせるのを商売にしている男とも話をした。

「今日はまだ零下二十度くらいだけど、もっと寒くなると、ほんとうに毛皮がいるの？　最近は軽くて、安くて、あったかい化繊もあるけど」と私が言うと、彼は、

「そうだね。最近はいいのがあるからね。でもフードに付ける毛皮だけはオスのオオカミの毛じゃなきゃだめだ」と答えた。他の毛皮では、吐く息が凍りついて防寒の用をな

さないのだという。

昔の砂金採りたちが集まった時代の空気をそのままに残した食堂のおばさんに、犬橇屋の男が言ったことを告げると、「何を言っているのよ。あの男は最近、化繊の防寒着を売る彼女ができたもんで、そんなこと言ってるのよ。アラスカの寒さを防ぐのは、毛皮でなきゃ、むりよ」と口を尖らしている。

最近、毛皮を着るのは反対だという運動があって、日本なら毛皮なしでもやれると思うけれど、一切の毛皮に反対するのは、厳寒の地で暮らす人たちのことを考えていない自己中心的なものの見方だ。

私は年に二カ月は海辺のうちで暮らしているが、そこでは、一時トンビ、カラス、ウサギ、タヌキなどが、ミカンやイモを食い荒らして困ったことがあった。市から借りてきた罠を仕掛けると、毎日タヌキがかかったこともある。わが家の家庭菜園なら、趣味の範囲でやっているのだから、鳥獣の害を受けてもしかたがないと思えるが、生業として農業や林業をやっている人たちの被害を思うと、これは許しがたい怒りの対象だろう。

その他サルやイノシシやシカなどが人間の生活を脅かし始めているという。シカは一夫多妻なので、オスの数を減らしても、すぐに代わりのオスが群れのあるじになり、メスの繁殖能力は落ちない。

日本人は、こうした里山近くに出没する野獣を撃つことを許されない社会的空気を作ってしまった。毛皮を禁止せよという人は、全員が牛・豚・鶏などの肉を食べない菜食主義者なのだろうか。家畜なら殺してかわいそうでないことはないだろう。私たちは、そうした命の犠牲の上に生きている。

人間が野獣によって損害を被ることを別に気の毒と思わない人がいるということは、動物愛護ではあるが、人間愛護ではなくなりかけている。

人間と動物を同等に愛するという概念そのものが不可能だろうから、そこにお互いの生息のための区分を設け、区分から出てきた個体だけを排除するのが妥当のように思う。「共生」とは安易な平和共存ではなく、時には「鋭く対立しながら」歩み寄って解決策を出すことだと、国土緑化推進機構の出している「ぐりーん・もあ」という雑誌が書いている。

第六章　自由への開放は、教育しか道がない

中国との経済関係
――金儲け優先の意識に見る日本企業のつまずき

私は自分の予測したことは当たらない、という確信に近いものを持っている。方角も狂うし経済も全くわからない。一つだけ「動物的な勘」をもっていると思えるのは、人の性格を見抜くことである。

私は長い年月の間に、取材で現場に入ることが多かったので、初めてそこで紹介された人たちの中から、以後どの人に取りついたら取材が穏やかに進むかということを見抜くのだけはうまくなったのだ。その手のいい加減な予測能力の中で、私はもうずっと前から、中国とだけは経済的な深い関係を持ってはいけない、と書いたり言ったりしてきた。かといって、喧嘩をする必要など全くない。中国人には商才があるし、その文化には、古典を初めとして偉大な才能がたくさんある。国土も広いから参考にできる点が多い。

一時、日本は中国版新幹線の競争に参入したがっている時期があったようだ。しかし新幹線に加わったら大変なことになるだろう、と私は思っていた。新幹線の技術は日本のものでも、その運営が中国人のものになれば、平気で手を抜くだろう。何しろ繰り返し偽物を売って平気な国なのだ。その結果大事故が起きれば、それはノウハウを売った日本の責任だということで後で大きな賠償を払わされる。

しかし中国は大きな市場だから、ぜひともそこで儲けたいと思う日本人が多いのだろうけれど、企業が進出すれば、ノウハウは必ず盗まれるし、適当な時にその土地にいられないようにして日本企業を追い出す技術にはたけているだろう。誘致した外国企業を、その国家が法的に守るなどという信頼は、西欧的な意識の定着した先進国にしか期待できないことを肝に銘ずるべきだ。その会社がいられないようにして、工場の不動産や機械などを置いて出ていかせれば、こんな儲かる話はない。

少なくとも個人の生活では、詐欺を働いて偽物を売るような知人とは、経済的な関係において付き合うのを避けるのが普通だろう。この人間関係の基本的な常識を無視して、金儲けの意識を優先させると、その度に日本企業のつまずきが出るような気がする。しかし日本人の常識からみて道徳性を感じられない人であろうと、それで人間の関係は終わりではない。およそ世界の天才的な芸術家の多くは個人的には始末に悪い奇矯な性格だという人も多いはずだが、その人の芸術を私たちは充分に楽しんできた。

花田紀凱氏の書かれた新聞記事の孫引きになる数字だが、二〇一二年一月から八月までの対中国の直接投資額は、ＥＵが前年同期比で四・一％減少、アメリカも二・九％減少、日本はそれに対して十六・二％増。これはジャーナリストの青木直人氏から出たデータだという。

ヨーロッパ人もアメリカ人も、口ではおきれいごとを言うが、決して人を甘く見ない。日本人も少し見習うべきだろう。

新ローマ法王の即位
――人間すべてが深く求める悲願「平和の祈り」

バチカンのフランシスコ新法王関係の記事をあちこちで読みながら、どこかの新聞が関係資料として出すのを待っていたが、いまだにその気配がないので、私が書くことにする。

新法王は、法王としての自分の名前を選ぶ時に、アッシジの聖フランシスコをとった。この方は十二世紀の人だが、簡単に言うと放蕩息子の果てにみごとに回心した人である。おもしろいことにカトリックの世界では、聖人と言われるような人の多くが、一度は「不良」青年と呼んでもいいような前歴を持っている。人間としての厚みは、決して単純にはできないのである。

アッシジの聖フランシスコは生涯の前半を、金づかいの荒い、パーティー好きの青年として過ごした。しかしその空しさを悟った後、あらゆる物質への執着を捨てて、「乞食坊主」のような清貧を選んで生きた。フランシスコ会と呼ばれる彼の修道会は、今でも修道服を、縄の腰帯で結んでいる。それはフランシスコが、富裕な商人であった父からもらっていた富の象徴である贅沢な服を脱ぎ捨てて、粗末な修道服を身につけ、一説では道端に捨ててあった縄を腰に縛ってベルト代わりにした、という伝説によっている。

しかしどのマスコミも紹介しなかったのは、フランシスコの作った有名な「平和の祈り」である。マザー・テレサもたくさんの胸に迫るような祈りを作ったが、フランシスコの「平和の祈り」は人間の作った祈りの中で最高の名作といえる。

「平和を願う祈り

主よ、わたしをあなたの平和の道具としてお使いください。

憎しみのあるところには愛を、いさかいのあるところには赦《ゆる》しを、

分裂のあるところには一致を、迷いのあるところには信仰を、

誤りのあるところには真理を、絶望のあるところには希望を、
悲しみのあるところには喜びを、
闇のあるところには光を、もたらすことができますように。
主よ、慰められることを求めず、慰めることを求めさせてください。
理解されることよりも理解することを、
愛されることよりも愛することを求めさせてください。
自分を捨てて初めて自分を見いだし、赦してこそ赦され、
死ぬことによってのみ、永遠の生命によみがえることを、深く悟らせてください」

英国国教会とカトリックは、長い間、対立の歴史を持っていた。しかしダイアナ妃の葬儀の時、このフランシスコの「平和の祈り」が歌われているのをテレビの中継で聴いて、私は驚き深くうたれた。

この祈りの内容こそ、新法王だけでなく、人間すべてが深く求める現代の悲願なのである。

途上国の行方不明
——貧しさは、人にどんなことでもさせる

バリ島で日本人の女性ばかりのダイバーたちが行方不明になった、というニュースが流れた時、私は瞬間「誘拐だ」と思った。インドネシアは実に一万三千以上の島から成り立ち、海賊の秘密の根拠地になっていた海域もある。ダイバーの船と人員を拘束して、船と人とを別々に「売り飛ばす」犯罪が起きても、それほど不思議ではない。

私の予測がはずれてほんとうによかったのだが、私は時々外国の新聞を読んだり、自分の体験からその手の事件の周辺に触れてきすぎたせいでそうなったのかもしれない。

少し前の資料なのだが、インドでは毎年六万人の子供が消えているという。失踪が届けられた子供たちの実に四十%は見つかっていない。日本では北朝鮮による拉致はいま

でもれっきとした継続的未解決事件として扱われ、最近行方不明になった子供の場合は、周辺の聞き込み、監視カメラの解析、数百数千人の警察官を動員して捜査するのが常識になっている。

しかし人口の多いことが潜在的な問題だったインドでは、今まで「不適切」な政治的思惑から、この問題がなおざりにされてきたと新聞は報じる。インドでは国内に八百を超すギャングの組織があって、子供たちを、農場や工場の労働、乞食の組合、性産業や結婚のために売っている。

インドには「失踪児童」を法的に位置づける法律がないのだという。ある子供たちは、虐待や、食うや食わずの家庭を嫌って家出する。貧しい家族は旅行中に子供とはぐれ、中には親が子供を食べさせられないので、故意に置き去りにするケースもある。

インドでは、親が高利貸から借りた数百円の金が返せない場合、借りた親当人だけでなく、子供まで農奴や工事現場の労働力や売春組織に連れて行くことが問題だった。インド人のカトリックの神父が、そうした子供たちを取り戻し、寄宿舎に入れて中断されていた教育を再開する仕事に、私の働いていたNGOのお金を使ってくれていたので、私は何度か現場を見に行っていたのである。

字も書けない親たちの中には、音信が途絶えていた子供の無事がわかっても、嬉しそうな顔をしない人もいる。戻ってきた日から、子供を食べさせる自信がないのだ。

連れ戻された子供たちは、勉強再開と言っても、屋根だけで壁もないむき出しの寺院の回廊のような所に、丸めた敷布団一枚と教科書数冊だけをおいて集団で暮らしていた。十二歳の少女はすでに働かされていた売春宿でエイズに罹患《りかん》していた。やがて日本からの資金で寄宿舎が建てられ、子供たちは人間らしい生活を始めた。

貧しさというものは、人にどんなことでもさせる。だから貧しさが日本とは桁外れの土地では、私は人を信じなくなり、どんな事件もあり得ると考えて、用心する癖がついてしまったのである。

イラクの宗派対立
――日本人の平和論は子供のように純粋

二〇一四年六月下旬現在、イスラム過激派「イラク・レバントのイスラム国（ISIL）」に、イラク北部は掌握されかかっている。一時、私たちはアルカーイダという組織の名前を覚えたが、最近の主役はこのグループになりつつあり、いわゆる白人、ヨーロッパの各国からの戦闘員の志願者も出ているという。

この内戦によって、イラクは再び悲惨な状態に陥っているが、オバマ大統領は作戦に有効と思われる特殊部隊を送っただけで、大規模な空爆による掃討などの目的のための派兵は拒否した。

二〇〇三年、アメリカがイラクに侵攻する直前、私はシリア北部のクルド人と接触した。町の男たちは女性の私には気を許し、雑談もしてくれた。

「サダム・フセインとアメリカ人と、どちらが嫌いですか」

「それはもちろんアメリカ人だよ」

「でもサダムは、あなた方の同胞を、六千人も毒ガスで殺したと言われているんですよ」

「しかし、彼らはわれわれと同じ神を信じている。だがアメリカ人は違う」

聖書の勉強をしている時、私は「マタイによる福音書」(5章43、44節)で「あなたがたも聞いているとおり、『隣人を愛し、敵を憎め』と命じられている。しかし、わたしは言っておく。敵を愛し、自分を迫害する者のために祈りなさい」という箇所を習った。この箇所に使われている隣人という語は、ヘブライ語の「レア」から出ており、同部族、同宗教を意味する。つまりセム人にとって、同胞とは血続き縁続きで、しかも同宗教でなければならない。その意味でなら、その条件に該当しないわれわれは、基本的には「隣人」たりえない。基本的には敵なのである。ただしこのような当時の意識を超えて、イエスは「敵を愛しなさい」と命じたのである。

この聖書箇所の歴史的重みを見ても、アメリカがこれらの地域の平和構築のために出ていくというのは、無理なことだと思われる。

最近の日本の新聞に、六十三歳の男性の投書があった。

「戦争で得られるのは『むなしさ』だけだ。（中略）『戦争の放棄』を堂々と掲げて世界の中に立つことが理想であり、最も現実的だと思う」という内容だったが、アラブの諺《ことわざ》は言う。

「お前の祖父の敵はお前の敵だ。お前の家の敵はお前が亡びるのを望んでいる」

「一人の男が言った。『お前の信仰上の敵がお前を愛しているんだとさ』。するとと相手は言った。『何でだ？　その男は、気が狂ってるのか？』」

日本人の平和論は子供のように純粋だ。

世界の戦いは、部族か宗派の争いの結果である。われわれはその埒外《らちがい》にいて、彼らの意識の中にすら存在していないのかもしれない。

エボラ出血熱の現場
――極限状態での人間の弱さと崇高さ

私が、コンゴ民主共和国の南西部の町・キクウィートへ行ったのは二〇〇九年春のことである。私は九年半勤めた日本財団を辞めた後だったが、年に一度ずつアフリカの貧困を学ぶ旅はその年まで続けていた。一九九四〜九五年当時、コンゴはザイールと呼ばれていたが、そこで今回全世界に警報が出されているエボラ出血熱が爆発的に流行し、キクウィートはその悲劇の地の一つだった。だから同行したメンバーの中には日本の国立感染症研究所、防衛省、厚生労働省などから三人の医師がいた。

エボラ出血熱の病原体はウイルスで、死亡率がきわめて高い。キクウィートとその周辺では三百十五人の患者のうち、二百四十四人が死亡したというから、死亡率は約七十七％に達した。

　患者は四十度を超す発熱、嘔吐、激しい筋肉痛や頭痛とともに、体のあらゆる穴から出血した。血液の混じった下痢、鼻血、涙にもうがいの水にも血が混じる。注射をしようとすると、針を押し返すほど激しく出血した。

　患者の血液、体液、排泄物などが直接皮膚に触れた場合、傷があるとそこからウイルスが侵入する。しかし空気感染はないため、患者を隔離病棟で治療すれば、それほど恐れることはないともいう。だが防護服を着て看護することは、ひどい肉体的苦労を伴い、病人もかわいそうに素手で触れてもらえないのだ。

　気味が悪いのは、当時、特効薬はないのに、病気が約八カ月ほどで理由もなく終息したことだった。

　病気が猖獗《しょうけつ》をきわめていた最中、危険を恐れてコンゴ人の医師や看護師の中にもいち早く職場放棄した人がいた。患者の家族でさえ病人を見捨てて逃げ出した人もいた。しかし私たちはキクウィートで、罹患しながら治癒した人、ずっとそばに付き添っていても罹《かか》らなかった人たちから、貴重な体験を聞いた。

もともとコンゴのあちこちには、イタリアの修道会から送られた修道女たちが看護師として働いていたが、首都・キンシャサにいた日本人の修道女が、私たちが約五百キロも離れたキクウィートまで、今にも落ちそうな旧ソ連製の飛行機で飛んで（道がないのだから仕方がなかった）、彼女たちに会えるような手筈《てはず》を整えてくれたから、いろいろな話を聞けたのである。

部外者の私が現場に行きたかった理由は、エボラに関わった人たちが見せたあらゆる面での人間的な弱さと崇高さを確認したかったからだ。

エボラの最中、最後まで踏みとどまったのがイタリア人の看護師の修道女たちだった。その結果、払った犠牲は凄まじいものだった。九五年の四月二十五日から五月二十八日までの約一カ月間に、六人の修道女たちが数日おきにエボラで死んでいったが、修道会は決して撤退を考えなかった。

旅の間中、私は自分ならいつどの段階で逃げ出すか、それとも最後まで踏みとどまれるかを、自問し続けていたのだが、自分の卑怯さとひそかに「対面」することは、決してむだではないのである。

避難所の待遇向上

——世界における「難民」の実態

アフリカの各地を歩いているうちに、私は内戦や干魃《かんばつ》で飢餓に苦しんだあげくの人たちが、難民となって暮らす実態をあちこちで見た。

国連難民高等弁務官事務所などが、そうした人々のために作ったキャンプでは、大人が一メートル×二メートル、子供はその半分の面積で計算して小屋を建てていることも知った。つまり手足を伸ばして寝ることのできる最低の面積である。

トイレは二軒に一つできている場所もあった。各自の小屋にはトイレも炊事場もない。水道を含めた共同の施設はできていた。

難民という人たちを、日本人はほとんど見たことがない。難民の暮らしも知らない。

大昔、ベトナムから逃げてきたボート・ピープルが、日本にたどり着いて、施設に収容された時、最初に発した質問が「飲める水で水浴をしてもいいんですか」だったという逸話も知らない。

難民のことを英語では「ディスプレイスト・パーソン」と言っている。つまり正当にいるべき場所から、無理やりに移動させられた人、というような意味である。もちろん気の毒な運命である。誰もが、平穏なら故郷にいたいと願うものなのだ。

しかし私はそのうちに、世界には「難民」という身分を業《ぎょう》にしている人もいる、と感じるようになった。もともと貧しくて、ろくすっぽ食べることもできなかったような人は、難民の認定を受ければ、とにかく住めて食べられる。燃料も配給される。失業がない安定した暮らしができるようになるのである。

キャンプの中から「外」に働きに出て稼ぎ、カットグラスのコレクションをしているパレスチナの富裕難民さえ見たことがある。その土地の高利貸から借金をして返せなくなり、彼らの追跡の手から逃れるために難民になった人もいる、という評判を私は確かめることはできないが、そんな噂も聞いた。

とにかくその土地にもともと住んでいる人より、難民キャンプの住人の方がいい暮らしをしている、という例は決して珍しくはない。

日本では台風が近づく度に、最近では避難勧告が出る。するとその人たちは避難所で清潔な毛布を配られている。「あの毛布の洗濯代は、使った人が出しているんでしょうね」と気にしている人に最近よく遇《あ》うようになった。台風が立て続けに来ると、ずっと避難所暮らしをしている人もいるという。それなら、規定の日時を過ぎた場合は、宿泊代を払うべきだろう。

避難民に優しすぎることは、決していいことではない。地震や噴火は別として、台風は事前にわかっているのだから、自分で寝袋を用意し、食料も持参で避難所に行くのが当然だ。それのできない理由のある人だけを行政は助ければいいのである。そうでないと、難民という身分が業として成立するのと同じ轍《てつ》を踏むことになる。

バチカンの同性愛容認見送り
――法灯は厳格に高く掲げられるべきもの

二〇一四年秋、バチカンで開かれた世界代表司教会議において「同性愛や離婚に対して寛容な姿勢を示した中間報告を修正し、これらを認めない従来の立場を維持する最終報告をまとめた」。

私は、両親の離婚を心から願った子供であった。母は一応洗礼を受けてカトリックだったが、父との結婚はそのはるか以前である。そして二人はどうしても性格的に合わない夫婦であった。

こういう場合二人の結婚は教会の認めたものでないから離婚もかまわないというような理屈はつけられる。しかし結婚は、そうそう簡単には解消しない方がいいものだ。

ただ一緒に暮らすから憎しみも生まれる。離れて暮らせば、相手の幸福も願えるようになる。私は物心つく以前からその心理を知っていた。

家庭では、皆が寛大で、毎日楽しく暮らせなければならない。その希望が、育った家庭では叶わなかったのである。

私は同性愛の二人とまだ親しく付き合ったことはない。しかし外国暮らしの私の女友達は、同性愛の男性の一種のファンであった。彼らは、美しいこと、おいしいもの、みごとな行動を理解し賛美して暮らす生き方を心得ている。だから性的な相手ではなく、一人の人間として同性愛者と時間を共有することはこの上なく楽しい、と言っているのである。

ところが教会は、このような人々の生活を、公的に認めなかった。狭量だと思う人も多いだろう。

しかし教会が示すものは、常に一つの法灯《ほうとう》（教えの光）であった。平凡で永遠の昔から社会を揺るぎなく動かしてきた掟《おきて》を基礎にしていなければならない。男女のむすびつきでなければ、子供も生まれない。もし子供がいたら、子供というものは百人が百人とも、平凡な父と母という、違った性の保護者を人並みに家庭に求めるものなのだ。だから、この大原則は、変えない方がいい。

しかし教会の個々の信者の受け止め方は違ってかまわないはずだ。

聖書の中でしばしば出てくるのは、イエスの「させておきなさい、彼らを」というような意味の言葉である。キリスト教は決して、厳しく人々を断罪しない。

信者たちが同性愛の人たちと、どれほど普通に、親しく優しく暮らそうとも、それを拒否するものではない。彼らの望んでいるような日常を受け入れ、この世を楽しく生きられるようにすることを、少しも禁じないだろう。

法灯は厳格に、厳しく、そして高く掲げられるべきものだ。法灯が世俗の流行に妥協して、その求めるところを低く設定したら意味をなさない。法灯は一つの目標だから、高くなければならないのである。

しかし個人の暮らしでは、信仰は誰にでも守れるものに基準を置く。学歴の高さや、意志の強さがなければ全うできないものであってはならない。信仰は寛大なのである。

言論の自由と覚悟

――「流行としての抵抗」は本物ではない

二〇一五年一月七日、フランスの政治週刊紙「シャルリー・エブド」の本社がイスラム教徒の兄弟に襲撃され、社員ら十二人が殺害された事件は、同じ日から、フランスのみならず、全ヨーロッパをあげてのデモによって感動を与えた。私も事件直後から、そのことに深く心を動かされた一人だが、事件が犯人の射殺によって一応終息すると、残った問題はいくつもあるような気がする。

私はごくたまに、主に英語で描かれた政治漫画というものを英字新聞で見て楽しんだこともあるが、半分くらいは、事情がわからない私には理解できないものであり、後味がよくないものもあった。

政治漫画は政治家を批判するもので、政治家は半ば公人だから批判してもいいと考えられるのだろうが、あまりにも不正確で大仰で無礼、というものはやはり楽しくない。「シャルリー・エブド」紙は普段六万部くらいしか発行されていなかったマイナー紙なのに、この事件をきっかけに一挙に三百万部も発行されたと聞くと、これも釈然としない。大多数の人が、多分安全な立場にいて、興味本位で新聞を買ったりデモに参加するくらいのことで、自分は自由を支持する人道主義者だという証を得たいのだろうが、それなら普段からこの新聞を買ってあげていればよかったのである。

私はカトリックの修道院付属の学校で育ったが、まだ幼い時から、欧米人の修道女の先生に、「決して他人の信仰の対象に、無礼な言動をしてはならない。また時には社会に害毒を流すような人が、その宗教の信者にいたとしても、その人の行為一つで、その宗教全体を批判してはならない」と教わった。まだ小学校の生徒だったのに、ここまで冷静な姿勢を教えられたのだから、私はほんとうにいい教育を受けたのだと思う。

他国の大統領や首相の顔を、ことさらマンガチックにゆがめて描くくらいのことは許されるかもしれないが、私は彼らをマンガや映画の中で殺すというのは、悪趣味だと感じている。その意味で、北朝鮮の金正恩《キムジョンウン》第一書記を暗殺する映画を作った米ソニー・ピクチャーズエンタテインメントの品性も好きではない。人を殺すという筋立ては、全く架空の人物やゴジラなどを殺すなら娯楽になるのだろうけれど、実在の人物を殺すという筋は笑いにならない。こんなお手軽な筋立てで客の興味を惹《ひ》こうとする会社の未来にろくなことはないだろう。

この映画の場合も、上映を予定していた映画館に北朝鮮がテロをしかける恐れがあるとして、一旦《いったん》は自主規制に踏み切った。しかしそれに抵抗しようという大統領の談話や市民運動が起きて、映画は大当たりし、制作会社は予想外の収益を得た。ただし観客の批評によると、映画そのものは駄作だったようだ。流行としての抵抗運動は、命を懸けていない以上、本物ではないのである。

ケニアの大学襲撃
——自由への開放は、教育しか道がない

二〇一五年四月二日、イスラム過激派組織「アッシャバーブ」が、ケニアの地方都市ガリッサの大学を襲い、学生たち百四十八人を射殺した。一人一人に信仰告白に近いものを言わせ、イスラム教徒とわかった学生は解放し、クリスチャンだけを射殺したという。

親たちの苦しみはどんなだったろう。私はケニアの事情はよく知らないのだが、一般的に見て、アフリカでは大学まで進める学生は、日本ほど多くはない。

南アフリカでNGOの仕事をしていた時、しきりに要請されたことなのだが、普通の高校だけでは、なかなか大学に受からないので、プレ大学とでも言うべき予備校に行く

費用の援助をしてもらいたい、ということだった。当時、私の働いていたＮＧＯは、南アのエイズ・ホスピスの整備に全力をあげていたので、大学進学希望者の教育まで手が回りませんと言って断っていたのが実情である。

もちろん子供は学歴などと関係なく、家族の宝だ。しかし恐らくケニアの家族も、子供を大学に進学させるために、大きなお金と心を費やしているはずだ。お金をかけた子供だから殺されてたまらないのではない。しかし大学を出ることで貧しい生活から抜け出せるという目前の希望を持っていた親と学生たちが、現実にいたことは間違いない。

インドでも、私たちのＮＧＯは、一時期、ダーリットと呼ばれる貧しい不可触民の子弟たちを、イエズス会の神父たちがやっている寄宿学校に送るプロジェクトを手伝っていた。村の家を出るまでは、ヒンディー語とその地方の言葉しか喋れなかった青年たちが、二年あまりの寄宿生活で、自由に私たちと英語で会話をするようになるのである。

幸運なことに、私はその中の一人の青年の母が住む家を訪ねる機会があった。近隣の村に、未亡人の母はたった一人で、電気も水道もない一間だけの土の家に住んでいた。私の記憶では、窓も家具もない家だったような気がする。戸が開け放たれていたので、きれいに掃《は》かれた家の中が見えたのである。

息子が家を出てから、今ではたった一人の寂しい生活になった。村では、葬式には参加してもいいが、祝い事には呼んでもらえない。しかしどんな苦労もあの子が立派に資格を取って村に帰ってきてくれれば、それで報われる。それまで私が我慢します、と言う。どこの国でも母はすばらしく立派だ。

アフリカだって事情はさして違わないだろう。親たちは子供たちの未来に大きな希望をかけている。そして自分が犠牲になっても、子供が大学を出させすれば、歴代にわたる暗い歴史の記憶も、ここで閉じられると信じている。そのささやかな希望を、過激派はぶち壊したのだ。

私たちは半世紀近くNGOをやってきて、自由への解放は教育しか道がないことを実感してきた。まず薬やミルクを送って、幼い生命の存続を可能にし、その後は教育で、自由な精神の未来を選ばせ築かせる。時間はかかるが、その他に道はないのである。

麻薬という沼

——一生を無事に過ごすということは、大きな幸運

二〇一四年九月二十六日、メキシコ南西部の町イグアラで、学生四十三人が消息不明になった。彼らは警察に拘束された後、警察との癒着が指摘される麻薬組織の手によって殺害されたと言われている。学生を麻薬組織に引き渡す命令を出したイグアラの市長夫妻と、犯行に加わった三十六人の警察官も拘束された。

この学生たちは、教師になることを希望し、他の町の大学に通っていた青年たちであった。おそらく彼らの町や村では有名な秀才で、親たちから見ればどれほど大きな期待を抱いていたことか。

事態の禍根も断ち切られないままになっているのも、日本人には想像できないことだ

が、麻薬の害をひとたび一つの国家が深く受けると、それから抜け出すのは大変なようである。日本の刑務所でも、一番多い再犯の事由は、麻薬だと教えられたこともある。

二〇〇八年九月に、私は北メキシコのティファナという町で、一人のメキシコ人の神父に会った。神父は麻薬中毒から立ち直ろうとしている人たちの厚生施設を建てるために、日本で資金集めをしていたのである。

このティファナという町の人口について、私は「昔は八万人くらいの村みたいな町だったのが、今は二十数万人の都市になっている」と間違って書きそうになった。事実はこの数十年間に、八万人の町が百三十万人の都市に膨れ上がったのである。第一の理由はアメリカの工場の進出だが、国境で薬と密輸人の流れを止めると、かえって薬と患者がだぶついた、という人もいた。

麻薬も初めは「ちょっとやってみる」小さな冒険のようなものらしい。しかし必ず深みにはまる。麻薬を買うために金が要り、家の金やテレビを持ち出し、教会の飾り物まで盗むようになる。麻薬中毒の意味に使う「アディクション」という言葉は、人間が自分の魂の自由を失った状態を言うのである。そうなると次第に仕事を怠け、同時に気性は荒れてくる。

神父は中毒患者のリハビリセンターの一つに連れて行ってくれた。倉庫のような建物の中はミニサイズの町であった。クリーニング屋、馬の鞍《くら》の直し屋、木工所、床屋。すべてが中毒患者で運営されている。少し禁断症状が抜けると、そこから男性だけが外部に働きに出られた。女性はすぐに売春に走る人が多いから、外で働くことはできなかった。

せっかく自制ができるようになって家に帰ってみても、家族が皆逃げ出していて、家そのものも壊されてなくなってしまっていた人もいたという。かつての温かい家の跡に茫然とたたずむ人の心を思うと、私は人生は残酷なところだなと思いそうになる。

患者のリーダーのような人が私に言った。「この病気は治ったという保証がないんですよ。麻薬なしで何年も生きてこられたと思っても、ある日突然再びその道に入ってしまうんです。今日まで無事だったというだけです」

現代には薬以外にも麻薬的な毒物があるような気もする。一生を無事に過ごすということは、それだけで大きな幸運と言わねばならないらしい。

＊本書は、産経新聞連載「透明な歳月の光」（二〇一二年八月一日～二〇一五年六月十七日）より六十篇を収録しました。尚、二〇一三年十月三十日掲載の「動物愛護と鳥獣被害」は、「共生のむずかしさ」に改題しました。

曾野綾子（その　あやこ）
一九三一年、東京生まれ。聖心女子大学文学部英文科卒業。七九年、ローマ法王庁よりヴァチカン有功十字勲章受章。八七年、『湖水誕生』で土木学会著作賞受賞。九三年、恩賜賞・日本芸術院賞受賞。九五年、日本放送協会放送文化賞受賞。九七年、海外邦人宣教者活動援助後援会代表として吉川英治文化賞ならびに読売国際協力賞受賞。二〇〇三年、文化功労者となる。一九九五年から二〇〇五年まで日本財団会長を務める。二〇一二年、菊池寛賞受賞。著書に『無名碑』『神の汚れた手』『天上の青』『夢に殉ず』『哀歌』『晩年の美学を求めて』『アバノの再会』『老いの才覚』『人生の収穫』『人生の原則』『生きる姿勢』『酔狂に生きる』『人間にとって成熟とは何か』『人間の愚かさについて』『人間の分際』『人は怖くて嘘をつく』『老境の美徳』等多数。

生身の人間

二〇一六年四月二〇日　初版印刷
二〇一六年四月三〇日　初版発行

著　者　曾野綾子
装　丁　坂川栄治+坂川朱音（坂川事務所）
発行者　小野寺優
発行所　株式会社　河出書房新社
東京都渋谷区千駄ヶ谷二―三二―二
電話　〇三―三四〇四―一二〇一（営業）
　　　〇三―三四〇四―八六一一（編集）
http://www.kawade.co.jp/

印刷・製本　中央精版印刷株式会社

ISBN978-4-309-02457-8
Printed in Japan

河出書房新社・曾野綾子の本

人生の収穫

老いてこそ、人生は輝く。自分流に不器用に生き、失敗を楽しむ才覚を身につけ、老年だからこそ冒険する。独創的な老後の生き方。

人生の旅路

旅の途中で人は新たな自分を発見する。人生の良さも悪さも味わい、どん底の中でも希望を見出し、日々の変化を楽しむ。老いの境地。

人生の原則

人間は平等ではない。運命も公平ではない。だから人生はおもしろい。自分は自分としてしか生きられない。生き方の基本を記す38篇。

生きる姿勢

与えられた場所で、与えられた時間を生きる。それが人間の自由。病む時と健康な時、両方味わってこそ人生。生き方の原点を示す54篇。

酔狂に生きる

自由は楽しいが怖い。自由には保証がない。危険を承知で自由を選んだ者だけが、真に解放された人生を知る。曾野流酔狂の極意！